CONTENTS

口絵・本文イラスト／蓮川　愛

挑発トラップ

Chôhatu Trap

1

「はー…」

頬杖《ほおづえ》をついて、今日これで何度目かわからないため息を吐《つ》く。

朝から天気が悪かったせいか、さっきから客足はぱたりと止まり、薄暗《うすぐら》い店内にいるのは俺だけだった。

まあ、平日の真夜中とあれば、それも当然という気もするけれど。

「どうしたんですか、冬弥《とうや》さん？　さっきからため息ばっかりですよ」

カウンターの中のマスターは、もう何杯目《なんばいめ》かわからないカクテルを俺の目の前に静かに滑《すべ》らせながら、穏《おだ》やかに訊《たず》ねてきた。

「どうしたもこうしたも、今日はいい相手も見つからないし。……どうせ俺の相手なんかしてくれるのは、奈津生《なつき》さんだけだよ」

以前、マスターの雇《やと》い主らしき男にそう呼ばれていたのを聞いてから、俺もこの人を『奈津生』さんと呼ぶようにしていた。

後ろで縛《しば》った艶《つや》やかで長めの黒髪《くろかみ》に、黒を基調としたバーテンの制服。

物静かで落ち着いた優《やさ》しい雰囲気《ふんいき》を纏《まと》う彼が、雇い主の『特別』だと客の誰《だれ》かに聞いたことはあるけれど、突《つ》っ込んだ話はしないから、本当かどうかまでは知らない。

「またそんなこと云《い》って…。冬弥さんが誘《さそ》って、ついて来ない人なんていないるんですか？」

「今日は、声を掛《か》けたい奴《やつ》がいないのが問題なんだよね」

忌々《いまいま》しげに呟《つぶや》くと、奈津生さんは苦笑《くしょう》した。

「……それは難しいですね」

自慢《じまん》するわけではないけれど、俺の容姿はどうも人目を引くものらしい。

確かに、緩《ゆる》いウェーブのかかった明るいハニーブラウンの髪に、遺伝の賜物《たまもの》であるやや女性的とも云える顔の造りは、客観的に見ても整っているほうだと思う。

お陰《かげ》で云い寄ってくる人間は男女問わず大勢いたけれど、硬派《こうは》で真面目《まじめ》そうな男がタイプなせいか、こういったバーではなかなか自分好みとは出会えなかった。

「退屈《たいくつ》だけど、今日は家に帰りたくないんだよね…」

普段《ふだん》だったら、さっさと引き上げるところなんだけど、今日はどうしても家に帰りたくなくて、俺は朝まで付き合ってくれる相手を捜《さが》してた。なのに、こういう日に限って、声を掛けてくるのはいまいちな奴ばかりで。

結局、俺は馴染《なじ》みのバーで、こうして一人淋《さび》しく飲むハメになっていた。

「家に帰りたくないなんて、何かありましたか？」

「……ちょっとね。最近、付き合ってる相手が熱くなっちゃって。それで…」

「ああ、なるほど。押し掛けて来てるんですか」

「そ。遊びに本気になられてもなあ…」

俺は基本的に、誰とも真面目な付き合いを一切《いっさい》しない主義だった。相手を一人に絞《しぼ》るってことはそれだけ楽しみが減ってしまうってことだし、色々と面倒《めんどう》だから。

でも今回の男は、大人の付き合いを割り切ってくれそうだったから、いつもより少し長く続くかなって思ってたんだけど。最近になって突然《とつぜん》『一緒《いっしょ》に暮らそう』だとか『妻と別れる』だとか云い始めて、俺はかなり引き気味だった。

おまけにここ数日は、マンションにまで押し掛けてくるようなプチストーカーっぷり。今だって下手したら、帰らない俺を家の前で待っているかもしれない。

「あ〜あ…」

ホント、変な男に引っ掛かっちゃったよなぁ……。

細身のグラスの中の鮮《あざ》やかな液体を揺《ゆ》らしながら、俺は深々とため息を吐く。

束縛《そくばく》されればされるほど気持ちが冷めてしまうのは、俺の悪いクセかもしれない。

だけどこっちは初めから遊びのつもりで、しかもそういうスタンスだってことも相手にちゃんと示していた。なのに、急に真剣《しんけん》になられても困るって云うか…。

「まさか、その顔の傷も物騒《ぶっそう》な理由だったりしませんよね？」

「違《ちが》う違う。これ目立つ？　二、三日前に見つけた仔猫《こねこ》が凄《すご》い人見知りでさ。抱《だ》き上げたらガりっとやられちゃったんだよ」

　そんなに深い傷ではないから、そろそろ消えるはずだけど。そう思いながら、俺は引っ掻《か》かれた頬《ほお》の上を指でなぞる。

「…冬弥さんの顔に傷なんか付けるなんて、その仔猫は大物ですね」

「仕方ないよ。オスかメスか確かめようと思って抱き上げたんだけど、女の子だったんだ。怒《おこ》られて当然」

　話題の転換《てんかん》に、俺は少しだけ声が弾《はず》んでいる自分に気が付いた。

　どうも、俺は相当あの子を気に入ってたらしい。

「それじゃあ、猫を飼い始めたんですか？」

「ううん、ウチのマンションはペット禁止だし、俺の生活も不規則だから諦《あきら》めた。……凄く可愛《かわい》かったんだけどなぁ」

　そう呟きながら、俺は仔猫のつぶらな瞳《ひとみ》を思い出す。真っ黒な毛並みに、深い碧《みどり》の瞳。あの子はきっと、さぞかし美人に育つに違いない。

「貰《もら》ってくれる奴を捜そうにも、遅《おそ》い時間だったから大学も閉まってたし。で、そのまま道端《みちばた》で、一緒に拾ってくれる人を待ってたんだ。途中《とちゅう》、雨が降ってきちゃったりもしたんだけど」

「で、見つかったんですか？」

「うん。スーツ着たサラリーマンぽい人が通り掛かって、貰《もら》ってくれた。暗かったから顔はよく見えなかったけど、丁寧《ていねい》な感じの人だったから安心かな」

――あの日。

目の前を何人もが通り過ぎていった雨の中、軒下《のきした》でしゃがみ込んでいた俺に声を掛けてきたのは彼だけだった。

『こんなところで何をしてるんだ？』

『見てわからない？　この仔猫を飼ってくれる人を待ってるんだよ』

胸元《むなもと》に入り込んで眠《ねむ》っていた仔猫を、俺は相手にちらりと見せた。

見下ろされているせいで俺のほうからは男の顔がよく見えなかったけれど、きっと相手のほうからは、白いダウンジャケットに埋《う》もれた黒い仔猫を確認《かくにん》できたんだと思う。

『君は飼わないのか？』

ぶっきらぼうにさえ聞こえる声で問い掛けてくる男に、俺は思わずムッとしてしまう。

飼えるものなら、とっくにそうしてる。置いていきたくないからこそ、こうして待ってたんじゃないか。

『飼いたいけど、ウチじゃ無理……。だから、せめて飼い主が見つかるまで一緒に待ってようと思ってさ』

『だったら、俺が飼おう』

目を覚ました仔猫がニャーと鳴いたのとほぼ同時に、男が云った。

『え？』

『俺が飼い主になれば、その仔猫も君も風邪《かぜ》をひかなくて済むんだろう？』

仔猫は、そっと差し出された男の指先をくんくんと嗅《か》いだ後、ペロリと舐《な》めた。

その様子を見て、俺はそいつに仔猫を譲《ゆず》ることを決めたんだけど。抱き上げられたあとも男の腕《うで》の中で大人しくしていたから、きっと仔猫も彼が気に入ったんだろうと思ってる。

「いい飼い主さんだといいですね」

「そうだね。でも、きっと大事にしてもらえると思うんだ。俺にもあの傘《かさ》くれたし」

奈津生さんの笑顔《えがお》に頷《うなず》きながら、俺は入り口に置いてきたグレーの傘を視線で指す。

仔猫を抱き上げたあと、男は差していた自分の傘を、黙《だま》って俺の手に握《にぎ》らせてくれたのだ。

あんなに寒い夜だったのに、触《ふ》れた指は暖かかったことを今でも覚えてる。

「へえ。本当はその人、冬弥さんも拾って帰りたかったんじゃないですか？」

「まさか」

からかうように云ってくる奈津生さんに笑って返そうとしたとき、カランカラン、と店のドアが開く音がした。

何気なく振《ふ》り向くと、入り口にやたらに存在感のある男が立っていた。

そうか、雨が雪に変わったんだ――そんなことをぼんやりと考えながら、上質そうなコートの肩《かた》についていた白いものを指先で軽く払《はら》う仕草に、俺はつい見入ってしまう。

コートの上からでもわかるほどの体格のよさと、かなりの長身。意志の強そうな双眸《そうぼう》にすっと通った鼻筋。

男は俺が見ていることになんか気付きもしない様子で、カウンター席の端《はし》につく。そして、大きな手で乱れた髪をかき上げながら、言葉少なに注文を告げた。

「スコッチのロック」

奈津生さんが脱《ぬ》いだコートを受け取ろうとするのを断って、空いている隣《となり》の席に掛ける様子を、俺は不躾《ぶしつけ》にならないように気を付けながら視線を流し値踏《ねぶ》みする。

初めて見る顔だけど、かなり好みかもしれない。

堅《かた》そうには見えるけれど、こんな繁華街《はんかがい》の奥にあるバーに来るくらいなら、きっと遊び慣れもしてるのだろう。一夜の相手には過分なほどだ。

――声、掛けてみようかな…。

いい加減、一人で飲むには飽《あ》きてきていた頃《ころ》だったし、物珍《ものめずら》しさも手伝って俺はすぐに行動に移すことにした。

「……冬弥さん…」

カウンターの椅子《いす》から降りると、奈津生さんが小声で俺を諫《いさ》める。

けれどそれを無視して、俺は相手のグラスが置かれるのを見計らって、男から一つ挟《はさ》んだ隣の席に移動した。薄暗《うすぐら》い店内でも、この顔の造作が相手に判断できる距離《きょり》に。

せっかく持って生まれた武器は積極的に使うべき、というのが俺のポリシーだ。

「こんばんは」

押し付けがましくならないように、軽く微笑《ほほえ》み掛《か》ける。

失敗はしなかったつもりだけど……。

「……！」

男は俺の顔を見た途端《とたん》、その切れ長の瞳を見開いた。

俺の顔に見蕩《みと》れたって感じでもなくて、どちらかと云《い》うと幽霊《ゆうれい》でも見たかのような反応。

……顔に何か付いてたっけ？

思い当たるのは小さな傷一つくらいだ。

「どうかした？」

「――いや」

小首を傾《かし》げて問い掛けてみると、男は気まずそうに目の前に出されたグラスを手に取り、琥《こ》珀色《はくいろ》の液体を喉《のど》に流し込む。

きっと、急に声を掛けられて驚《おどろ》いただけだろう、と一人結論を出し、俺は会話を繋《つな》ぐべくゆっくりと言葉を続けた。

「この店、初めてだよね？」

「ああ、まあな」

憮然《ぶぜん》とした顔つきで短い返事を返してくる。落ち着いたハスキートーン。

俺は声まで好みだと内心ご満悦《まんえつ》だった。

「誰《だれ》かに聞いて来たの？」

「いや……偶然《ぐうぜん》だ」

「へえ。看板目立たないのに、よくわかったね」

「ああ」

整った横顔のラインに見蕩れてしまう。

男が手の内でグラスを揺《ゆ》らすと、氷のぶつかる涼《すず》やかな音が辺りに響《ひび》いた。

「話し掛けられて迷惑《めいわく》、とか思ってそうな顔してる？」

「…いや…」

「だったら、隣に座ってもいいかな？」

「……好きにしろ」

気乗りしていなさそうな態度に『はずれ』だったかもしれないと、ちらっと考えた。どうしたって落ちない奴《やつ》は、頑張《がんば》っても無駄《むだ》だというのは経験上知っている。

でも、イケそうだと思ったんだけどな。だいたい、俺の直感は当たるのに……。

そう思っていると、今度は男のほうから話し掛けてきた。

「……どうして俺に声を掛けた？」

「貴方《あなた》と話してみたいって思ったからに決まってる」

こんなに好みのタイプに出逢《であ》えるなんて、なかなか滅多《めった》にないことだし。訪《おとず》れたチャンスは、逃《のが》したくない。

「よく、ここには来るのか？」

「ちょくちょくね。この店の雰囲気《ふんいき》が好きだから」

静かで落ち着いた雰囲気なのに、敷居《しきい》が高い感じはないし。暴利な値段でもないから、長居もできる。それに何より、マスターである奈津生さんの存在が、俺にとって居心地《いごこち》よく感じるのも原因かもしれない。

「――そうだな、悪くない」

「ゆっくりしたいときは、こういう場所のほうが向いてるだろ？」

「…そうかもな」

お喋《しゃべ》りな男よりは、こういう無口なタイプのほうが好ましい。それに、短いけれどレスポンスもそう悪くないんじゃないだろうか？

男はつまみで出されたナッツを齧《かじ》ると、グラスを半分ほど空けてしまう。飲みっぷりのよさもいいかもしれない。

もう一押しだと、俺はこっそりとほくそ笑んだ。

「一人なのか？」

「今日はね。誰も相手してくれなくて」

「――そうか」

ため息混じりに云うと、男の返事には僅《わず》かに間があった。

こういった誘《さそ》いは、雰囲気との駆《か》け引き。

タイミングが早過ぎたかとちょっとだけ心配にはなったけれど、本能に後押しされて、言葉は自然と流れ出てしまう。

「だから、淋《さび》しくて本当はもう帰ろうかと思ってたんだ。……でも、そうしなくてよかった」

「…………」

むっつりと黙り込む男に駄目押《だめお》しの一言を付け加える。

「…ね、時間ない？」

じっと見つめてみたが、男の視線は俺のほうを向くことはなかった。

逃《に》がしたかな――一瞬《いっしゅん》、頭の片隅《かたすみ》でそう思う。

「……チェックを」

けれど次の言葉に、俺は笑《え》みが溢《あふ》れた。

「二人分、まとめてくれ」

「かしこまりました」

男は立ち上がり、飲み掛けのスコッチもそのままに勘定《かんじょう》を済ませると、横に置いていたコートを羽織り振《ふ》り返りもせずに先に店を出ていった。

「お気をつけて」

「じゃ奈津生さん、またね」

俺は預けていた白いダウンジャケットを奈津生さんから受け取り、短く別れを告げると先に出てしまった男を追い掛ける。

外に出ると、雪の中、傘《かさ》もささずに立ち尽《つ》くす背中が目に飛び込んできた。

「行くぞ。こんなところにいたら風邪《かぜ》をひく」

「…？」

――あれ…？

途端、湧《わ》き上がった不思議な既視感《きしかん》と胸騒《むなさわ》ぎに、俺は首を捻《ひね》る。

何だろうこれ…この感じ、どこかで見たことがあるような気が――…。

「あ！」

とそこまで考えて、俺は例の傘を忘れたことを思い出し、店内へと引き返す。

いけない、せっかく貰《もら》ったばかりだってのに忘れるところだった。

「どうした？」

「大事なもの忘れてた」

「…大事なもの…？」

訝《いぶか》しがる男を尻目《しりめ》に、俺は手にして戻《もど》ったグレーの傘を頭上で開く。

云うほどこの傘を気に入っているわけじゃない。ただ、仔猫《こねこ》と引き換《か》えに貰ったものだったから、俺が飼えなかった分も大切にしなくちゃいけないように思っただけだ。

「ね、傘持ってないの？」

「…あ、ああ……」

「じゃあ、相合《あいあ》い傘」

そう云って男の身長に合わせて持ち上げた傘は、すぐにその手に奪《うば》われてしまう。

「あ…ありがと」

「別に、礼を云う必要はない」

だけど、ぶっきらぼうなその口調に反して、掠《かす》めるように触《ふ》れた指先は、意外にも優《やさ》しい暖かさをしていたのだった……。


通りでタクシーを捕《つか》まえて、誰もが知っているような有名ホテルを運転手に告げたあと、男はすぐに黙《だま》り込んでしまった。

そうして結局、一言も交《か》わさないまま目的地へ到着《とうちゃく》したのだが、驚《おどろ》いたのは、こんな夜中だと云《い》うのに、従業員に丁寧《ていねい》に出迎《でむか》えられてしまったということ。

『いらっしゃいませ、セリザワ様』

『ああ、急にすまない』

『いつもと同じお部屋をご用意させていただきました。こちらがキーになります』

『助かるよ』

ホテルの支配人らしき人との会話の様子から、どうやら男はこのホテルの常連客らしいことがわかった。

見るからに社会的地位が高そうな男だとは思ったけれど、予想以上の肩書《かたが》きを持っているのかもしれない。だけど、それも今の俺には関係のないことだった。

――今晩、楽しめさえすればいいんだから。

「…早かったね」

「気が急《せ》いてるんだろう」

「そんなふうには見えないけど」

通されたスイートルームで、肌触《はだざわ》りのいいバスローブに袖《そで》を通し、ソファーに身を任せていると、後からシャワーを浴びた男が戻ってくる。

待っている間、用意されていたワインをグラスで呷《あお》っていたんだけど、さすがに飲み過ぎたのか、アルコールは俺の思考と体をふわふわとさせ始めていた。

「楽しそうだな」

「そりゃね」

こんな簡単に好みの男を捕まえられたら、上機嫌《じょうきげん》にもなりたくなる。それに、最近は特についてない相手ばっかりだったし……。

「……君の名前を訊《き》いてなかったな」

どっかりと男がソファーに腰《こし》を下ろすと、スプリングが揺《ゆ》れた。そうして、いつまでもくすくすと笑い続ける俺の手からワインを奪うと、ぐいっと一気に飲み干してしまう。

「『冬弥』だよ」

「名字は？」

「一晩だけなんだから、フルネームは必要ないと思うけど？」

しなだれかかるようにして男に体を預けながら、俺は上目遣《うわめづか》いで云う。名前なんか教えたって、体を繋《つな》ぐことに何の意味も持たないじゃないか。

すると、男は表情を曇《くも》らせた。

「…一晩だけ…？」

「勿論《もちろん》。面倒《めんどう》は掛けないから安心して。セリザワさん？」

エントランスで出迎えた支配人に、そう呼ばれていたのを思い出し呼んでみる。

「俺は…」

「でも、声を掛《か》けて正解だったな。ここのところ相手についてなかったんだ。遊びなら、貴方《あなた》みたいなタイプのほうが楽しめるしね」

アルコールのせいで口が軽くなっている。本音が出過ぎかもしれないけど、お互《たが》いそのつもりなんだから問題ないはず――そう思ったのに。

「……遊び？」

セリザワは眉《まゆ》を顰《ひそ》め、怪訝《けげん》な顔付きで繰《く》り返す。

今さら何を云ってるんだろう？

「決まってるだろ。貴方もそのつもりであの店に来たんじゃないの？」

「俺に声を掛けたのはどうしてなんだ？」

「野暮なこと訊くなぁ。何て答えて欲しいの？」

「事実を知りたいだけだ」

「もちろん、好みだったからだよ」

にっこりと微笑《ほほえ》み掛けてやったというのに、男の顔はあまり明るくない。

「それだけ、か……」

「それだけって？」

こんな一夜だけの出会いに、何を期待していたというのだろう？　疑問に思って訊いてみても、男は俺の問い掛けには答えなかった。

「…いつも、そうなのか？」

「気分によってかな」

「――――」

「何？」

「――わかった。遊びのつもりなら、お望み通りそういうふうに扱《あつか》ってやろう」

「な…っ、いきなりどうしたんだよ⁉」

乱暴に俺を抱《だ》き上げたかと思うと、セリザワはずかずかと室内を横切り、明かりの点《つ》いていない寝室《しんしつ》に足を踏《ふ》み入れた。

「わっ」

まるで、荷物のようにベッドに放《ほう》られ、俺は息を呑《の》む。

乱れたバスローブの裾《すそ》を直そうと体を起こすと、片手でベッドへと縫《ぬ》い止められた。

「……どういうつもり？」

酔《よ》いの回った体で迂闊《うかつ》に動いても、無意味に終わる可能性が高い。突然《とつぜん》のセリザワの変化を訝しく思いながらも、俺は相手の出方を窺《うかが》う。

「抱かれたくて誘《さそ》ってきたんだろう？　だったら望み通りにしてやるだけだ」

「何をムキになって――――んっ⁉」

大きな手で俺の顎《あご》をがっちりと押さえ、ムリヤリ唇《くちびる》を合わせてくる。捩《ね》じ込まれた舌は、さっきのワインの味がした。

どんどん交わりが深くなっていく、息ができないほどの激しい口づけ。

一体、どうしたって云うんだ——？

豹変《ひょうへん》した理由がわからない。あんな場所にいたんだから、こいつだって最初から『遊び』だと割り切っているはずだ。だからそんなことで腹を立てているとは思えないし……？

「ん……ふ……っ……」

厚い舌が、ざらりと上顎《うわあご》を舐《な》め上げ、口内の粘膜《ねんまく》を探《さぐ》ってくる。

容赦《ようしゃ》なく口腔《こうこう》を掻《か》き回され、アルコールで濁《にご》った頭はますます混濁《こんだく》していく。俺は考えても答えの出ない疑問を放り出し、目の前の問題を先に片付けることにした。

とりあえず、されてばかりでは癪《しゃく》だと云わんばかりに仕返しをしてみたけれど、俺の舌先はあっさりと絡《から》め取られてしまう。

「は……ぁ……」

ヤバい、こいつ……上手《うま》い、かも……。

一瞬《いっしゅん》、伸《の》ばし掛けた指を止め、俺は代わりにシーツをぐっと握《にぎ》りしめる。

「っ、んぅ…っ」

体の奥に火が灯《とも》る。

それを感じてか、セリザワの無骨な指はバスローブの下へと潜《もぐ》り、体をまさぐってきた。内側からじりじりと焦《こ》がされている肌《はだ》は、些細《ささい》な刺激《しげき》にも反応してしまう。

セリザワはようやく唇を離《はな》すと、今度は硬度《こうど》を持ち始めた俺の中心を乱暴に扱《しご》き始める。

「やっ、あ……ッ」

反射的に喉《のど》の奥が小さく鳴り、ビクンと背中が弓なりに撓《しな》った。下腹部には、もどかしいほどの熱が溜《た》まっていく。

「乱暴にされるのが好きみたいだな」

「ひ…ぁ…、違《ちが》ッ……ぁ、んっ」

否定の言葉は意味をなさなかった。快楽に慣れた体は、荒々《あらあら》しい手付きにも従順に感じてしまって。決して手荒に扱われることを望んでいるわけじゃないのに、貪欲《どんよく》なこの体はそれすらも悦《よろこ》んで受け入れてしまうのだ。

「……んなの、や…だ……っ」

「どの口で云ってるんだ？」

言葉と共に揶揄《やゆ》するような、指の動き。じわりと滲《にじ》む体液はすぐに掬《すく》い取られ、張り詰《つ》めた自身に塗《ぬ》り拡《ひろ》げられる。

「…っは、ぁ、くっ…」

「いやらしい体だな」

「…っ、何…とでも……っ」

はだけた首筋に噛《か》み付かれ、キツく皮膚《ひふ》を吸い上げられた。チリチリとした痛みでさえ、ぞくりと肌を震《ふる》わせる。

意識を逸《そ》らせた途端《とたん》、ぬめる指で何度か強く擦《こす》り上げられ、限界がすぐに訪《おとず》れた。カリ、と先端《せんたん》を引っ掛かれた刺激が引き金になる。

「あ……あぁ……っ！」

目の前が白く弾《はじ》け、ビクビクと震える下肢《かし》は欲望を吐《は》き出したあと力無く弛緩《しかん》した。力ずくでイカされたことを、俺はぼんやりとした頭で理解する。

忙《せわ》しない呼吸を繰り返しながら視線を彷徨《さまよ》わせていると、まるで荷物でも動かすかのようにして乱暴に体を裏返された。

「……あんたね。人を何だと思ってんの？」

「お前こそ、俺をどう思ってるのか訊いてみたいものだな」

既《すで》にはだけられていたバスローブは、男の手で簡単に剝《は》ぎ取られてしまう。

無闇《むやみ》な抵抗《ていこう》なんてしない。だって、そんなことしても力で敵《かな》わないということは、この体格差を見ればわかるし。それに、酔いのせいで指一本動かすことさえできないほどだるいのだ。

——だからと云《い》って、大人しくしてやるつもりもないけど。

「『都合のいいベッドの相手』だろ？　せっかく好みの顔だと思ったのに、こんな酷《ひど》い男とはね。俺もまだまだ人を見る目がないってことか」

「……お前は人の顔なんて、どうでもいいんじゃないのか？」

「何なんだよ、それ」

「自分の胸に訊《き》いてみたらどうだ」

少し離れた場所から声が聞こえてくる。少しだけ体を起こし、首を後ろへと向けると、セリザワは何かを手にして戻《もど》ってくるところだった。

「何…？」

「本番はこれからだろう？」

云いながらセリザワはベッドに乗り上げると、俺の足を膝《ひざ》で左右に割る。そして、その下肢の狭間《はざま》にそれを垂らした。

「…っ」

冷たさに身を竦《すく》める間もなく、その場所に指が入り込んでくる。液体の滑《ぬめ》りを借りて、指はすんなりと内部に飲み込まれてしまった。

「ん…ぅ……、…っ、……ご丁寧《ていねい》なことだね」

わざわざ潤滑剤《じゅんかつざい》になるものを探してくるなんて。

俺は漏《も》れそうになる喘《あえ》ぎを噛み殺しながら、悪態をついた。

「乱暴にされるほうが好みだったか？」

「…ッ！　だ…からっ、違…って云って……、あ…っ」

指がくっと鉤《かぎ》状に曲げられる。その途端、ゾクゾクッとした痺《しび》れが背筋を伝った。

無遠慮《ぶえんりょ》に動き回る異物は、狭《せま》い入り口を押し拡げ、柔《やわ》らかな粘膜を擦り上げ……その度《たび》に、俺の喉からは甘い掠《かす》れた声が零《こぼ》れ落ちていく。

「…ぁ…く…、…あんたはどうなんだよ…っ」

「何がだ」

「……初めて会った相手に…夢でも、見てた…わけ…？」

遊びだと告げられて機嫌《きげん》を悪くするなんて、俺から見たらあまりに純情で青臭《あおくさ》い。こんな出会いが、何かを生み出すとでも本気で思っていたのだろうか？

「——そうなのかもしれないな」

感情の籠《こも》らない平淡《へいたん》な口調。肯定《こうてい》しているのか、流しているのか、摑《つか》みどころがない。

だけど、そんなモノ——俺は望まない。

「そ…れは……残念だった、ね…、…っあ、ん！」

搔き混ぜる指を増やされて、云い掛けていた言葉が途切《とぎ》れた。

断続する快感に俺の思考は簡単に霧散《むさん》する。セリザワは指の抜《ぬ》き差しを繰《く》り返しながら、時折背中を強く吸い上げた。脇腹《わきばら》をなめらかに滑《すべ》る指先も、体の熱を煽《あお》っていく。

「や…っ、そこ、やめ……っ」

内壁《ないへき》の殊更《ことさら》弱い部分に指先をぐっと押し付けられ、俺は思わず腰《こし》を浮《う》かせてしまう。

瞬間《しゅんかん》そこにできた隙間《すきま》にするりと手を差し込まれ、硬《かた》く勃《た》ち上がりシーツに擦《す》れていた昂《たかぶ》りを再び握り込まれた。

「あ……！」

緩《ゆる》く扱かれたかと思えば、根元をキツく締《し》め付けられ……欲望を塞《せ》き止められた体は、切なく震える。さっきとは対照的な愛撫《あいぶ》で、セリザワはしつこいほどに俺を責め立てた。

愛されていると錯覚《さっかく》してしまいそうなほど優《やさ》しい手付きで、だけど非情なほど自分勝手にセリザワは追い詰めてくる。

快楽に弱い肉体は、そんな手管に簡単に騙《だま》されて。拒《こば》もうとする気持ちとうらはらに、俺の体は甘く蕩《とろ》けていって――……。

……どれだけ時間が経《た》ったんだろう？

気が狂《くる》いそうなくらい体は熱く、泣き出してしまいそうなほどの快楽に、俺は溺《おぼ》れさせられていた。体内に渦巻《うずま》く熱の奔流《ほんりゅう》は、もう俺の限界を超《こ》えている。

「も……い…い…、早く…っ」

――早く。今すぐにイカせて欲しい。

「それはお前が決めることじゃない」

「やぁ……ッ！」

冷たく云い放たれて、解放を待ち望んでいる欲望を痛いほどに握《にぎ》り込まれる。

イキそうになる度にこうして締め付けられて、俺は身悶《みもだ》えることしかできなかった。

「ぁ……ん、は…っ…」

大きく足を割り開かれ、太腿《ふともも》の付け根をチロチロと舌先でくすぐられれば、否応《いやおうな》無しに体は反応を見せる。

爪先《つまさき》からの丁寧な愛撫も、どう考えたって今の俺には嫌《いや》がらせでしかなかった。

自然と揺《ゆ》らめく腰を押さえ付けられ、ひたすら続けられる甘い責め苦。

「お…ねが…っ、も…う……」

弾《はず》んだ吐息《といき》で許しを乞《こ》う。いつもは計算ずくで見せる媚態《びたい》も、このときばかりはそんな余裕《よゆう》なんて持ち合わせていなかった。

誰《だれ》でもいいから、今すぐに助けて欲しい……。

「は…やく……」

熱に浮かされているせいで、言葉が舌足らずになってしまう。

「そんなに欲しければ、縋《すが》ってみせたらどうだ？」

縋る――そんなこと冗談《じょうだん》じゃない…何で俺が……。

頭ではそう思ったけれど、体はそんな意思をまるで聞こうとはしなかった。

「あ…たが…欲しい…」

「プライドもないのか？」

――こいつ…!!

悔《くや》しさに潤《うる》んだ視線で睨《にら》めば、暗闇《くらやみ》からギラついた瞳《ひとみ》が俺を見下ろしてくる。野性的で獰猛《どうもう》なその瞳に釘付《くぎづ》けになり、俺は思わず息を呑んだ。

「仕方ない、約束だ」

「え…っ…？」

足を折り曲げられ、高く持ち上げられた腰。そしてたっぷり蕩けさせられた場所へ、熱く脈打つ塊《かたまり》が押し当てられ――。

「――ッ！」

ズッ…と、一気に捩《ね》じ込まれた灼熱《しゃくねつ》が、体内を焼き尽《つ》くす。

解《ほぐ》されて感じやすくなっていた内壁を一息に擦り上げられた俺は、押さえ込まれていた欲望を瞬時に放ってしまった。

「……あ……」

白濁《はくだく》が、引き締まったセリザワの腹を汚《よご》す。

「入れただけでこれか？」

「……っ」

セリザワはくくっと笑いながら、自分の腹に掛《か》かった滑《ぬめ》りを掬《すく》い取り、俺の肌《はだ》に塗《ぬ》り付けた。見せつけるかのようなその動作に、俺は自分の痴態《ちたい》を思い知らされる。

こんな…こんなはずじゃなかったのに……。

「二度もイッたあとで、まだこんなか……本当に淫乱《いんらん》なカラダだな」

云《い》いながらセリザワは、逐情《ちくじょう》したばかりの俺の中心を撫《な》で上げた。

「……あんただって、愉《たの》しんでる…くせに…」

俺は、息も絶え絶えに反論を試みる。

体の奥深く埋《う》め込まれた楔《くさび》は力強く脈打ち、俺の熱をジンジンと疼《うず》かせている。いやらしくも貪欲《どんよく》に、それに絡《から》み付いた内部の襞《ひだ》がその大きさを俺に教えてきた。

「俺の愉しみはこれからだ」

「あ…っ!?」

ぐいっと二の腕《うで》を引っ張られ、無理矢理体を起こされた。セリザワの腰に跨《また》がるような体勢にされ、繋《つな》がりがますます深くなる。

バランスを崩《くず》し、もたれ掛かったセリザワの厚い胸板《むないた》はしっとりと汗《あせ》ばんでいた。

「遊び慣れてるんだろ?」

「やっ」

腰を掴まれ、体を浮かされたかと思えば、すぐに引き下ろされる。

「あぁ…っ!!」

「自分で動いてみろ。そのくらいのサービスがあっても構わないはずだ」

「誰が…サービス…なんか……っ」

「できないのか？」

「……っ」

挑発《ちょうはつ》だとわかっていても、『そうだ』と認めてしまうのは癪《しゃく》だった。もちろん、自ら動く行《こう》為《い》が恥《は》ずかしいだなんて今さら思うわけがない。

だけど、もう体力がほとんど残ってない事実は変えようがなく、俺は意地と気力だけで、自分の体を動かした。

「く……」

砕《くだ》けそうになる膝《ひざ》に力を込《こ》め、重たい体を持ち上げる。そのあとは、重力に任せて腰を落とした。

「つ…っ」

だがもう一度、と思っても震《ふる》える足に力を入れることはできなくて。

「も…、できな……っ…」

「一回きりか？……仕方ないな…」

セリザワはそう云うと、昂りを飲み込んだ俺の腰を揺すり始める。

「あ、あっ、あ……っ」

圧倒的《あっとう》な存在感が打ち込まれる度《たび》に、四肢《しし》が甘く震えた。蕩けた内壁は、ぐちゅぐちゅと卑《ひ》猥《わい》な音を薄暗《うすぐら》い闇の中に響《ひび》かせる。

指では届かなかった部分まで擦《こす》り上げられ、俺は短い悲鳴を上げた。

「ぁあ…ッ!!」

ギリギリまで中を押し拡《ひろ》げ、ガクガクと乱暴に揺すられ、深く浅く突《つ》き上げられる度に湧《わ》き起こる快感に俺は堪《たま》らず啜《すす》り泣く。

以前、こんなふうに泣かされたのは、いつだっただろう…?

「気持ちいいのか?」

「い…い…、気持ち…い……、もっと…して…っ」

セリザワの頭に腕を回し、自分から仕掛《しか》けて貪《むさぼ》るように口づけて。

自分を苛《さいな》むこの行為が、たとえ強引《ごういん》に始められたものだったとしても、もう俺には関係がなかった。プライドもうち捨てて、ただ本能の赴《おもむ》くままにねだってしまう。

「んん…っ、はっ……あ、ぁあ…ッ!!」

そうして、快楽に溶《と》けてぐずぐずに崩れ掛けた体は、思考を完全に失ったのだった。

気が付くと、朝――を通り越《こ》して昼だった。

「……帰ったのか」

辺りの気配を窺《うかが》ってみたけれど、室内に人がいる様子はない。

小さなあくびをしながら、ベッドを降りようとした俺はある違和感《いわかん》に気が付いた。

――ベッドが違《ちが》う。

正確に云うと、意識を失ったときのベッドと違っているのだ。その証拠《しょうこ》に、隣《となり》のベッドは見るも無惨《むざん》に乱れている。

その上、あんなにぐちゃぐちゃにされた体も、今はすっかり清められていた。

……鮮《あざ》やかな鬱血《うっけつ》のあとは、あちこちに散らばっているけれど。

「…………っ」

あの男……よくも好き放題してくれたな……。

ムカつくほどに上手《うま》かったとは思うけど、それとこれは俺にとっては別問題だ。昨晩の行為を思い出し、疼く自らの体すら腹立たしい。

どうしてこう、俺は運が悪いんだろう。神様にきっと嫌《きら》われているに違いない。

腹立たしさを抑《おさ》えながら、俺は隣のベッドに投げ出されていたバスローブを拾い、身に纏《まと》う。

そうして隣室《りんしつ》へと足を向けようとして、気が付いた。

「何これ……」

サイドテーブルに乗っていたのは、カードキー……とかなりの額の現金。

部屋代にしたって多すぎる額だ。だったら、何のために…？

「……まさか…」

――そういうことか。

何もかも、金で解決しようということらしい。

この俺を金目当てと同じ扱《あつか》いをするなんて、失礼にもほどがある。

ふつふつと煮《に》え滾《たぎ》る胸の奥が、ちくりと痛んだことなんか、今の俺にはどうでもよかった。

一人で勝手に誤解して、落胆《らくたん》して、怒《おこ》って……バカみたいだ。

「どうしろっていうんだよ、この金」

受け取りたくなくても、もう返すあてもない。いっそ慰謝料《いしゃりょう》と割り切って、ぱっと使ってしまおうか。手元に残ってるほうがムカつくし。

「シャワーでも浴びてこよ…」

とにかく、このむしゃくしゃする頭をすっきりさせてこないことには、何をするにも手につかなさそうだ。

俺は仕方なく、気持ちを切り替《か》えるためにシャワーへと向かうことにしたのだった。

2

一日経《た》っても、苛々《いらいら》とする気持ちは一向に晴れなかった。

昨日ホテルでシャワーを浴びた後、不貞寝《ふてね》と称《しょう》して二度寝をしてからチェックアウトをした俺はフロントで支払《しはら》いをしようとして驚《おどろ》いた。

先にチェックアウトしていったセリザワが、もう一泊《ぱく》分の支払いを済ませていったというのだ。あんな大金を置いていった上に。

どこまでも嫌《いや》な男だと腹を立てた俺は、腹いせに置いていかれた金でもう一泊し、食べもしないルームサービスを大量に取ったりと、目一杯豪遊《めいっぱいごうゆう》してお金を遣《つか》った上でホテルを後にしたんだけど…。相手に一矢《いっし》も報《むく》えなかったという事実が、俺を更《さら》に苛立《いらだ》たせていた。

そんな優《すぐ》れない気分のせいか、講義にもさっぱり身が入らない。

おまけに教室を出たところで、嫌な気分に追い討《う》ちを掛けるかのような相手に声を掛けられてしまった。

「篠原《しのはら》、ちょっといいか？」

——油断した。

できる限り顔を合わせないようにと気を遣っていたのに、セリザワへの怒《いか》りのせいで、そっちに気が回っていなかった。

「……はい？」

感情を押し隠《かく》し、微笑《びしょう》を浮《う》かべて振《ふ》り返る。そこには、俺が所属している学部の教授、塚崎《つかさき》利彦《としひこ》が立っていた。

自信に満ち溢《あふ》れた表情。二十代で助教授に抜擢《ばってき》され、その後とんとん拍子《びょうし》に教授へと出世したこの男は、もう三十代も後半だというのに至って精力的で若々しかった。

プレスのきいたスーツと真っ白なワイシャツ、足元を飾《かざ》る磨《みが》き上げられた革靴《かわぐつ》は、より一層端正《たんせい》な容貌《ようぼう》を彩《いろど》っている。

人に隙《すき》を見せず、語り口にも迷いがなく、話術に堪能《たんのう》で要領がいい——塚崎は、そういうタイプの人間だ。

目があった途《と》端《たん》、周囲を気にしてか廊下《ろうか》のつきあたりにある柱の陰《かげ》に連れて行かれる。

「昨日は休んでいたみたいだが、どうしたんだ？」

「…すいません。ちょっと、風邪《かぜ》っぽかったので……」

というのは当然ウソで、本当は大学に行く気になれなかっただけ。

本当はホテルで他の男に抱《だ》かれたあと丸一日寝ていました、と云《い》ったら、この人はどんな顔をするだろう。

「携帯《けいたい》も繋《つな》がらないし、心配してたんだぞ、冬弥」

「……すみません」

二人きりになると、塚崎はこうやって名前で俺を呼ぶ。時折、自分の所有物のような発言をしたりするところも、ちょっとイタイ。

とは云え、俺が内心でそんなことを思ってるなんて、この人は露《つゆ》とも感じていないだろう。その証拠に、塚崎はこうして何ら変わりのない態度で接してくる。

「病院に行っていたんで、電源を切っていたんですよ。ご心配掛けて申し訳ありません」

「そんなに具合が悪かったのか？　それなら、私を呼んでくれれば――」

心配そうに眉《まゆ》を顰《ひそ》める塚崎を見ながら、俺は携帯の電源を切っておいてよかったと、しみじみと思った。もういっそ、新しい番号に変えたほうがいいかもしれない。

「いえ、先生にご迷惑《めいわく》は掛《か》けられませんから」

「水臭《みずくさ》いな。君と私の仲じゃないか」

「……でも、先生には大事なお仕事がありますし」

こうして殊勝《しゅしょう》なふりをして、わざとらしい云い訳を並べても疑わない。だけどそれは、俺を信じてくれているわけじゃなく、それだけ自分に自信があるだけだ。

「そういえば、例の件は考えておいてくれたか？」

……またか。

俺は心の中で、深いため息を吐《つ》いた。

塚崎とそういう関係を持つようになったのは、大学に入学して間もない頃《ころ》だった。軽い気持ちで塚崎からの誘《さそ》いに乗ってしまったのは俺のほう。

博識で世間慣れしているし、見た目も悪くないし——何より愛妻家という点が俺にはポイントが高かった。地位があって本命がいるなら、世間体《せけんてい》のためにも絶対下手なことはしてこないだろうと踏《ふ》んでいたのだ。

なのに、このところヤケに塚崎の態度がしつこい。

初めから『不特定多数の中の一人としてなら』と宣言していたにも拘《かか》わらず、ことあるごとに『君のために離婚《りこん》する』なんて云ってくるんだから、堪《たま》ったもんじゃない…。

そろそろ潮時かなと思っても、教授という相手の地位を考えると、あまり下手なこともできず、俺はできる限り距離《きょり》を置こうとしている最中だった。

……外面に惑《まど》わされるなんて、俺もまだまだだな。

「前にも話をしたと思うが、週末は一緒《いっしょ》に来る気はないか？」

「…ああ、学会で出張があるんでしたっけ？」

まるで今思い出したかのように切り返す。もちろん行く気なんてあるわけない。

「何日か余分に滞在《たいざい》して羽でも伸《の》ばそうかと考えてるんだが、一人だと少し侘《わび》しいだろう？」

「先生には奥様がいるじゃないですか。奥様を差し置いて僕がついて行くなんて、申し訳ないですし」

塚崎の手帳には、夫婦《ふうふ》の写真が挟《はさ》まっている。

それで愛妻家だと評判がたってしまったらしいのだが、本人曰《いわ》く、わざと人前でちらつかせて『イメージアップ』のために使っているそうだ。

世間体を考えて、お見合いで結婚《けっこん》したという奥さんのことは『飽《あ》くまでよき妻でしかないんだよ』と嘯《うそぶ》いていたのを覚えている。有名な資産家のご令嬢《れいじょう》だった奥さんとの結婚は、塚崎的には金や地位への打算が理由らしい。

「あいつのことなら、気にする必要はない。俺の云うことなら、疑いもしないからな。実はもう君の分も予約を――」

「あ、俺、次も授業があるんだった。森先生って出席に厳しいんでしたよね。そろそろ、行かなくちゃ」

半分、独り言のふりをしてわざとらしく逃《に》げる口実を並べ立てた。

「…そうか。それなら、仕方ないな」

「すいません、お話の途中《とちゅう》で。失礼します」

さっさと行こうとすると、尚《なお》も言葉を投げ掛けられる。

「あとでまた連絡《れんらく》する。今夜は久しぶりに一緒に食事でも…」

「……今日は予定がありますので。それじゃ、先生。また今度」

げんなりしながらも、近くの教室から人のざわめきが聞こえてきたのをいいことに、俺は話を一方的に打ち切り、社交辞令を笑顔《えがお》で告げた。

背中を向け歩き出した俺は、ようやく張り付かせていた微笑《ほほえ》みを消して深々とため息を吐く。

廊下を曲がり切るまで、塚崎の視線は背中に突《つ》き刺《さ》さったままだった。

「はあ……」

もう本当に、どうしたものか。

この調子じゃ、しばらく熱も冷めそうにないな……。

全く、こんな失敗するなんて――今の俺には、数ヶ月前の自分を内心で罵《ののし》ることしかできなかった。


「――今日はここまで。来週は、レポート提出日だということを各自忘れないように」

解散、という講師の声と共に教室内が騒《さわ》がしくなる。一日の講義はこれで全部終わってしまった。

今日はどこで時間を潰《つぶ》そうか。

いい加減、家でのんびりしたいところだけど、あの塚崎の様子じゃ『用事が終わるのを待ってた』とか云って家まで押し掛けて来そうな気もする。

やっぱり、今日もまた奈津生さんとこに行くしかないか……。

でも、あのセリザワという男がいたらどうしよう？

「…………」

ま、いたとしても関係ない。相手をしなければいいことだ。

そう思いながらテキストとノートをまとめ、カバンに詰《つ》めていると誰《だれ》かに呼ばれた。

「篠原くーん」

「何？」

顔を上げて声のしたほうへ目を遣《や》ると、よく授業が同じになる女の子がドアのところで俺を手招きしている。確か、学籍《がくせき》番号が一つ前の子だと思う。

「ちょっと来てくれるー？」

手早く荷物をまとめ、俺は呼ばれるままに足を向けた。

歩きながら考えて、思い出した。ええと多分、佐々木《ささき》とかいう名前だったはず。

「どうかしたの？」

「この人が篠原くんに用事があるんだって」

「誰？」

彼女の視線の指す方向に視線を向けた俺は、思わず瞳《ひとみ》に映った人物に目を見開いた。

廊下《ろうか》の端《はし》でカッチリとしたスーツを身につけた男が、脱《ぬ》いだコートを手に姿勢を正して立っている。

「――っ!!」

セリザワ……!?

いつもなら、自分と寝た相手の顔なんて一日経《た》てば忘れてしまうけれど、こいつは別だった。眼鏡《めがね》を掛けているせいか微妙《びみょう》に雰囲気《ふんいき》は違《ちが》ったが、この顔を見間違《みまちが》えるはずはない。まだ怒《いか》りが燻《くすぶ》っているお陰《かげ》で、俺の脳裏《のうり》には鮮明《せんめい》に焼き付いていた。

どうして、この男がこんなところにいるんだ？

だいたい大学のことなんか、こいつに一言も云った覚えはないし。遊び歩くときは身分証の類《たぐい》は持ち歩かないようにしているから、眠《ねむ》ってる間に荷物を探《さぐ》って調べようとしても何も見つからなかったはずだ。

「じゃあ、私もう行くね」

「あ、うん、ありがとう」

内心の動揺《どうよう》を押し隠《かく》しながら佐々木を見送り、再びセリザワのほうを見ると俺と同じように驚《おどろ》いた顔をしていた。

「お前が……篠原冬弥だったのか？」

セリザワはツカツカと歩み寄り、俺の両腕《りょううで》をがしっと摑《つか》むと、真顔で当たり前のことを訊《き》いてくる。

「は……？」

そんなことわかりきってるだろう？　と云《い》おうとして思い出した。

一昨日《おととい》、俺はこいつに名字を教えた覚えはない。

……じゃあ、どうして？

問い掛けるようにして見上げると、セリザワは険しい表情で俺をじっと見つめていた。

刺すような鋭《するど》い眼差《まなざ》し。腕に食い込む指の感触《かんしょく》が、俺に一昨日の記憶《きおく》を蘇《よみがえ》らせる。

「……っ…すいません、放してもらえませんか」

「あ、ああ……すまない」

俺の言葉に我に返ったのか、セリザワは取り繕《つくろ》うように態度を改めた。

「挨拶《あいさつ》が遅《おく》れたが、私はこういうものだ」

無理矢理握《にぎ》らされた名刺《めいし》には、肩書《かたが》きと『芹沢一志《せりざわかずし》』という名前が印刷されていた。

弁護士だったのか……。

でも、この若さであれだけ羽振《はぶ》りがいいってことは、かなり仕事ができるのか、それとも元々裕福《ゆうふく》なのか。じゃなかったら、ホテルであの扱《あつか》いはされないだろう。

まあ、どちらにしても、こいつの肩書きなんか俺には全く関係がないことだ。名刺なんか出されたって、俺には何の意味もない。今は、見ているだけでも腹が立つこいつの前から、さっさと立ち去ってしまうことのほうが大事だ。

「突然《とつぜん》のことで悪いんだが、君に話がある。少し時間を取ってもらえないか」

「話……？」

——冗談《じょうだん》じゃない。今さら何を話すって云うんだ？

と云うより、こいつは一昨日のことなどすっかり忘れたとでも云うのだろうか。

「……っ」

込《こ》み上げる怒りを呑《の》み込むかのようにして深呼吸をこっそりとすると、俺はとにかく無視を決め込むことにした。

いくらムカつく相手だからって、こんな場所で騒ぎを起こすほど俺も馬鹿《ばか》じゃない。だけどここが大学内じゃなかったら、絶対にひっぱたいてやったのに…。

「誰のことですか？」

「？」

「人違いでしょう」

冷たく云い捨てて芹沢をキッと睨《にら》み付けたあと、俺はくるりと踵《きびす》を返し歩き出した。

不愉快《ふゆかい》な顔をこれ以上、見ていたくなどない。

「——」

「おい、どこに行くんだ」

関《かか》わり合いになる筋合いなんかこれっぽっちもないのだからと、俺が無言で歩みを速くすると、潜《ひそ》めた声が追ってくる。

「一昨日のことも覚えていないのか？」

「――!!」

しつこい！

「大事な話なんだ。一昨日の件も合わせて、落ち着いて――ちょっ、待て！」

どれだけシカトしてもついてくる芹沢を振《ふ》り切るため、俺はそこから駆《か》け出した。

そう云われて『はいそうですか』なんて、足を止める人間なんているわけないだろ！

「おいっ、お前…ッ！」

「……くっ」

何で俺が走らなくちゃいけないんだ…っ。

久しぶりの全力疾走《しっそう》に息を上げながらも、芹沢を撒《ま》くために俺は普段《ふだん》は足を向けないほうへ向かった。

中学・高校・大学の校舎が一つの敷地《しきち》内にあるこの学園は、全体の生徒数の割にはやたらと敷地が広い。そのせいもあってか、日が暮れ掛《か》かった今の時間、校門と逆方向へと来れば当然人影《ひとかげ》は疎《まば》らになってくる。

「仕方ない。あそこで時間潰すか…」

俺は図書館の向いに建つ他学部の校舎に隠れることにした。近々建て替《か》える予定があるこの古い建物なら、きっと空き教室もあるだろうし、芹沢にも見つからないはずだ。

　そう思って鍵《かぎ》の掛かっていない教室のドアをガラリと開けると、中から幾人《いくにん》かの視線が突《つ》き刺《さ》さる。誰もいないと思った薄暗《うすぐら》い教室の中には、数名の学生らしき姿があったのだ。

「……失礼」

「おい、待てよ」

　他の部屋を探そうと踵を返した俺は、そいつらに呼び止められた。

「何か？」

「…お前、篠原だろう？」

「………………」

「確かに近くで見ても美人だな？　男にしておくには勿体《もったい》ない」

　一人がそう云うと、周りも下卑《げび》た笑いで同意する。

　どうも俺は、大学内でちょっとした有名人らしい。こんな奴《やつ》らに顔が売れていても、嬉《うれ》しくも何ともないけれど。

「おい、お前そういう趣味《しゅみ》があったのかよ」

「むさいのなら勘弁《かんべん》だが、こいつなら試《ため》してみるのも悪くないだろ」

「それはそうだな。時間もあるし」

　男たちは薄笑《うすわら》いを浮《う》かべながら野獣《やじゅう》のような瞳で、俺の体を舐《な》めるように眺《なが》める。嫌《いや》らしい目付きに、ムカつきが胸の底から込み上げてきた。

「――――」

……そういえば、聞いたことがある。

夜遅《おそ》くまで残っていた女子生徒に、ちょっかいを掛ける柄《がら》の悪い男たちがいるって。

よくも悪くも良家の子女が多く通うこの学園は、体面を重んじるため、そういった犯罪紛《まが》いのことが表沙汰《おもてざた》になりにくい。そんな状況《じょうきょう》に甘えて、校内で『悪さ』をする馬鹿なお坊《ぼっ》ちゃんたちは高校のときも時折見たけれど、大学に上がってもまだそんなのがいるとはね……。

俺は呆《あき》れながらも冷静に、自分を取り巻く男たちを観察した。

数は四人。身なりもいいし、一見すると普通《ふつう》の生徒にしか見えない。多分、こいつらも当然どこかの金持ちの息子《むすこ》とかなんだろう。さしずめ、閉館になった図書館から出てくる生徒を狙《ねら》って、あまり使われることのないこの校舎でたむろしていたに違いない。

「おい、何とか云えよ」

「怖《こわ》くて声も出ないんじゃないのか？」

こういう頭の悪いタイプが一番タチが悪いんだよな……。

『呆れて』の間違《まちが》いだと指摘《してき》してやりたかったが下手に刺激《しげき》すると、どんなおかしな行動をするかわからない。馬鹿は大概《たいがい》一人一人は非力だけど、集団になると変な自信を持つから厄介《やっかい》だ。

それに今回は、刃物《はもの》を隠し持っている可能性も否定できないところが怖い。

もう…このところ、本当についてないよ。

護身術くらいはできなくもないけど、四人を相手にするのは骨だしなぁ。こんなことなら、芹沢に捕《つか》まっていたほうがよかったかも…。

「大人しくしてるのが、身の為《ため》だってわかってるみたいだな」

……だいたい、どうして俺は芹沢から走って逃《に》げたりなんかしたんだ？

一昨日《おととい》のことだって、とりわけ酷《ひど》いことでもなかった。あの程度の目になら、過去にいくらだって遭《あ》ってきたっていうのに。むしろ、もっと乱暴なことを強《し》いてきた男もいたじゃないか。

死にたくなるほど、酷い目にだって……。

なのにどうして、あいつにはこんなに胸を――心を掻《か》き乱されるんだろう…？

「ほら、こっち来いよ」

男たちは俺の腕を無理矢理に引くと、足払《あしばら》いを掛けるという乱暴なやり方で俺を床《ゆか》に倒《たお》した。

「痛っ！」

…ったく、いくら強姦《ごうかん》するにしても、もうちょっとスマートなやりかたもあるだろうに。

まあどうせ、こういう奴らはしばらく好きにさせてやれば満足するんだろう。抵抗《ていこう》すればするほど、喜びそうな気もするし。

暴れる気力もない俺は、気怠《けだる》く髪《かみ》をかき上げながら訊《き》いてみた。

「……ここでするわけ？」

「何だぁ？　ベッドじゃないと恥《は》ずかしいって？」

からかいの言葉を俺は一蹴《いっしゅう》した。

「別に。こんなところじゃ服が汚《よご》れるって思っただけ」

「――余裕《よゆう》だな」

「いいから早くやったら？　誰《だれ》から相手して欲しい？」

誘《さそ》うような笑《え》みで云《い》い放つと、男たちの笑いは引き攣《つ》ったそれに変わる。

ちょっと挑発《ちょうはつ》しすぎたかな、と思ったけれどもう遅い。すぐに誰かがゴクリと喉《のど》を鳴らした音が、その緊張《きんちょう》の糸をぷつりと切った。

「この……ずいぶんと舐めたこと云ってくれるじゃねえか！」

さすがに自分たちが馬鹿にされたことがわかったらしく、リーダー格と思われる男は強く肩《かた》を摑《つか》んで、俺をガンッと床に押し付けてくる。

「…っ…乱暴者は嫌《きら》われるよ？」

嘲《あざけ》るような目を向けると頰《ほお》をしたたかに打たれた。

だが、力が抜《ぬ》けた俺の上に男の一人が跨《また》がり、服に手を掛けた瞬間《しゅんかん》――みガラリと勢いよくドアが開き、怒声《どせい》が飛び込んできたのだ。

「何をやってるんだ！」

「なっ……」

そこには少しだけ髪を乱した芹沢が、険しい表情を浮かべて立っていた。

息を呑《の》んだ男たちだけでなく、声のほうへと視線を向けた俺も我が目を疑ってしまう。

どうしてこの場所がわかったんだろう？

この学園の敷地内は、生徒ですら迷いやすい。なのにこんなタイミングで俺を見つけるなんて、信じられない。

「が……ッ」

呆然《ぼうぜん》としていると、俺の両手を押さえていた男が短い呻《うめ》き声を上げながら横に飛んだ。

いや、違《ちが》う……。飛んだのではなく、殴《なぐ》り倒された。

「てめぇ……っ」

突然《とつぜん》のことにカッと頭に血を上らせた他の男たちが芹沢に向かっていったけれど、すかさず腹に拳《こぶし》を叩《たた》きこまれ、その場にガクリとくずおれていく。

「ぐ……ふ……っ」

「ちょ、ちょっと待ってくれ……うわぁっ」

芹沢は続けてもう一人殴ると、今度は俺に跨がっていた男の胸《むな》ぐらを掴み壁《かべ》に叩き付ける。

そして、派手《はで》に倒れ込んだ男に一瞥《いちべつ》をくれたあと、そいつらに向かって黙《だま》って手を差し出した。助け起こそうという雰囲気《ふんいき》でもない。

「か、金か？　いくら欲しいんだ!?」

怯《おび》えた様子の男は、自分の胸元を探《さぐ》りながら上擦《うわず》った声で云った。

「そんなものはいらない。さっさと学生証を出せ」

「へ……？」

「聞こえなかったか？　学生証を出せと云ったんだ。お前もあいつらみたいになりたくないだろう？」

「すっ……すいません……！」

男はおぼつかない手付きで胸元から財布《さいふ》を取り出し学生証を抜き取ると、それを素直《すなお》に芹沢に差し出した。

芹沢は手の平に収まるほどのカードをしげしげと見ながら、ため息を吐《つ》く。

「……教育学部か。お前らみたいな人間が教師になったら世も末だな。この件は大学に報告しておこう」

「おい、ちょっと待てよ！　そんなことされたら……っ」

慌《あわ》てるのも無理はない。多分、いつも通り金で解決できると踏《ふ》んでいたのだろう。こういうタイプは、結局のところ小心者揃《ぞろ》いなのだ。

「その様子じゃ、余罪も山ほどありそうだな。観念して処分を待っているんだな——行くぞ」

「え…!?」

受け取った学生証をポケットに滑《すべ》らせると、芹沢は床に座り込んだまま事の成り行きを呆然と眺めていた俺の腕《うで》を掴み、立ち上がらせた。

ついでのように落ちていたカバンを拾い上げ、教室を出ると廊下《ろうか》をずんずんと進んでいく。

「さっさと歩け」

「ちょっ…、おい…っ」

どうして、俺がお前に命令されなくちゃいけないんだよ…！

わけがわからないままぐいぐいと引っ張っていかれ、来客用の駐車場《ちゆうしやじよう》に停《と》めてあった車に押し込まれた途端《とたん》、俺は芹沢に怒鳴《どな》り付けられた。

「お前は何を考えてるんだ!!」

「……っ」

物凄《ものすご》い剣幕《けんまく》と鋭《するど》い怒声に、俺はビクリと体を竦《すく》める。

「俺が来なかったら、どうなってたと…」

「助けてくれなんて頼《たの》んでない」

あの場に芹沢が現れなければ、今ごろどんな目に遭《あ》ってたかだなんて簡単に想像がつく。それでも別にどうってことなかったけれど、面倒《めんどう》なことは嫌いだから、正直助けてもらったことはありがたかった。

――でも、だからと云って偉《えら》そうに説教される筋合いはない。

「そんなことを云ってるんじゃない！」

「じゃあ、何が云いたいわけ？」

「馬鹿《ばか》かお前は！」

口答えした途端、一喝《いっかつ》される。

「もっと自分を大事に扱《あつか》えって云ってるんだ!!」

「は…？」

芹沢の恫喝《どうかつ》に面喰《めんく》らった俺は、それ以上云い返す言葉も見つからず黙り込んでしまった。

初めて云われた、そんなこと……。

でも……だからって何でこいつがこんなに怒《おこ》ってるんだよ？

別に迷惑《めいわく》なんか掛《か》けてないんだから、俺がどうしようと関係ないじゃないか。自分は、人のことをウリ扱いしたくせに、今更《いまさら》調子のいいこと云っちゃって。

「…行くぞ」

芹沢は、バン！　と乱暴に助手席のドアを閉めると、自らも運転席に乗り込んでくる。

「……で、どこに連れていく気？」

「ゆっくり話ができる場所だ」

「あ、そう」

どうせまた、どこかのホテルにでも連れて行かれるんだろうと高を括《くく》って、俺はそれ以上を尋《たず》ねなかった。勝手にしてくれと云わんばかりにシートに背中を預ける。

「……落ち着いたもんだな」

「まあね、慣れてるから」

「慣れてる？」

「誘拐《ゆうかい》されそうになったり、連れ回されたり。——そういうこと、昔からよくあったし。別にどうでもいい」

目的はみんな似たり寄ったりだった。今さら、騒《さわ》ぎ立てるほどのことでもない。それに、だからこういうときに騒ぎ立てるのは、逆効果だってことも身を以《も》って知ってる。

「……本当にお前は……」

呆《あき》れたような呟《つぶや》きのあとに、言葉はなかった。

不審《ふしん》に思って横目で窺《うかが》うと、芹沢はイライラとした様子で煙草《たばこ》を銜《くわ》え、なかなか火のつかないジッポに苦戦している。弁護士という肩書《かたが》きからは想像もつかないが、その苛《いら》つきを露《あらわ》にした表情や、先程《さきほど》男たちを殴り飛ばしたときの様子からは、一昨日《おととい》自分に無茶をした男とやはり同一人物なのだと思えた。

「ねえ」

「何だ？」

「どうしてあの場所がわかったわけ？」

あの学園に初めて来る人は大抵《たいてい》、迷子《まいご》になる。俺だって入学当初は、地図がないと目的地に辿《たど》り着くのが難しかったくらいだ。

なのに初めて来た芹沢が、そう簡単に人気のないあの校舎で俺を見つけるなんてことできるわけがない。偶然《ぐうぜん》にしてもできすぎている。

「迷わなかったの？」

「仕事先で迷ったりしたら格好つかないからな、校内の地図は頭に叩き込んであるんだよ。それに走っていった方向を考えれば、行き先もだいたい見当がつくってもんだろう」

芹沢はそれでも捜《さが》すのは手間だったと付け加えたが、それよりも俺が引っ掛かったのは違《ちが》う単語だった。

「…仕事先？」

やっと火がついた煙草を深く吸い込み、芹沢は煙《けむり》をゆっくりと吐《は》く。

「頼まれて臨時の講師でたまに来てるんだ。学部が違うから知らないだろうけどな」

こいつが……講師……？

弁護士ということは、法学部に教えに来てるのか？　俺をウリ扱いする時点で、法を管理するような立場であるということも間違ってると思うのに、こんな男が人を教えてるなんてどうなんだ？

「さっきの奴《やつ》らは上にあとで報告しておく。安心しろ、お前の名前は伏《ふ》せておくさ」

「そんなことしたら、あいつら退学になっちゃうんじゃないの？」

きっと、叩《たた》けば山ほど余罪が出てくるだろう。もしかすれば、退学どころか警察沙汰《ざた》になるかもしれない。

「当たり前だ。あんなことをしておいて、ただですむと思ったら大間違《おおまちが》いだろ」

何をそんなに怒ってるんだか。自分だって似たようなことしたくせに。

「着いたぞ」

三十分ほど走ったあとに到着《とうちゃく》したのは、閑静《かんせい》な住宅街にそびえ立つ豪奢《ごうしゃ》なマンションだった。

車を降りるよう促《うなが》された俺は厳重なオートロックの入り口をくぐり抜《ぬ》けたあと、最上階の絨《じゅう》毯《たん》が敷《し》かれた廊下の一番奥の部屋に招き入れられる。

歩きながら数えてみたけれど、この階にはドアが二つしか存在しなかった。つまり、ワンフロアに二世帯しか入っていないということか。

賃貸なんだか持ち家なんだかは知らないけれど、一つだけわかるのは、そうとう金の掛かってる住まいだということだ。

「ここ、あんたの家？」

「そうだ」

そうだ…って、話をするくらいでわざわざ自宅に連れて来るか、普通《ふつう》？

内心首を傾《かし》げていると、場違《ばちが》いな音が玄関《げんかん》に立ち尽《つ》くす俺の耳に飛び込んできた。

――――ニャー……。

「ん？」

今『にゃあ』って猫《ねこ》の鳴き声がしなかったか？

空耳かと思ったけれど、繰《く》り返し小さな鳴き声が聞こえてくる。

「お前はこっちだ」

鳴き声の元を探そうと辺りを見回していた俺の背中を押すと、芹沢は片手でリビングのドアを開け、その中へ強引《ごういん》に押し込んだ。

途端、目の前に広がったのは、広々とした空間に値段の張りそうなインテリアが配置されたリビングだった。ところどころに置かれた観葉植物がその固いイメージを和《やわ》らげはしていたけれど、ありあまる空間は無駄《むだ》以外の何物でもないように俺の目には映る。

「その辺に座っていろ。今、コーヒーを淹《い》れてくる」

芹沢は、リビングの真ん中にどんと置かれたソファーを指し示す。

「お構いなく。話があるんなら、早く済ませてくれたほうがありがたいんだけど」

別に俺は、悠長《ゆうちょう》にコーヒーを飲みに来たわけじゃない。そう思って、スーツのジャケットを脱《ぬ》ぎながらキッチンへと向かおうとする芹沢を呼び止めた。

「……わかった」

俺は羽織っていたダウンジャケットを脱ぎ、重厚な応接セットのソファーの背に放つ。そしてカバンをその横にどさりと落とすと、云《い》われた通りに腰《こし》を下ろした。

「――で？」

斜《なな》め前に位置した一人掛けのソファーの背に芹沢が身を沈《しず》ませるのを待って、俺はおもむろに足を組みながら訊《たず》ねる。

「結論から先に云おう。話は簡単だ――しばらくここにいてもらう」

「……はあ？」

何云ってるんだ…こいつ……。

聞き取れなかったわけじゃないけど、聞き間違いだったと思いたくなるような発言だった。

「お前は危なっかしい。全《すべ》てが終わるまで、ここで大人しくしていろ」

確かに話は簡単に終わったけれど、アバウトすぎて何が何だかわからない。

一昨日はワケも云わずに怒《おこ》り出し、昨日は大金を置いて人を馬鹿《ばか》にして、今日は今日で怒ったり助けたり、攫《さら》ったり。芹沢の行動の意図が、俺にはさっぱり理解できなかった。

「全然、話が見えないんだけど。全てが終わるまでって、一体何のこと？」

「――お前、塚崎利彦の愛人なんだろう？」

芹沢の言葉はあまりに唐突《とうとつ》でその上予想外すぎて、俺は一瞬《いっしゅん》考え込んでしまった。

「……愛人……。まあ、そうなるのかなあ…」

別にそんな深い関係になってるとは思ってもいないけれど、相手には奥さんがいるわけだし傍《はた》から見たらそう云われてもおかしくはない……かもしれない。

「今、訳あって塚崎夫人から…とある依頼《いらい》を受けているんだが、お前の存在がネックなんだ。だからしばらく、塚崎から距離《きょり》を置いてもらいたい」

「ふぅん」

つまり、夫人の希望で俺を塚崎と別れさせたい、もしくは夫人が別れる材料として俺を使うために今は塚崎と接触《せっしょく》させたくないってところだろう。

別れられるなら願ってもないことだけど、きっと今云っても信用されるわけがない…か。

あーあ。こういうややこしいことが嫌《きら》いだから深入りしたくなかったっていうのに、後悔《こうかい》は何度したってもう遅《おそ》い。

「まさか、件《くだん》の愛人がお前だとは思わなかったがな」

芹沢は、付け足しのように苦々しく吐き捨てる。

「知らないで会いに来たわけ？」

「――手違いでお前の写真が手に入らなかったんだ」

……なるほど、ようやく分かった。

芹沢が会いに来たのは、塚崎の愛人である『篠原冬弥』だったってわけだ。

だから、あのときあんなに驚《おどろ》いた顔をしていたんだろう。まさか、前々日に行きずりで抱《だ》いた相手が、そんな素性《すじょう》の人間だなんて普通は思うわけないか…。

「知ってたら抱かなかった？」

笑いながら訊《き》いてみると、思った通り顔付きが憮然《ぶぜん》としたものに変わるのが面白《おもしろ》かった。

「まずいよね。依頼人の旦那《だんな》の愛人をお金払《はら》って抱いたなんて周りにバレたら。あ、そっか。だから事が片付くまで、俺を隠《かく》しておきたいんだ」

語りながら、俺は芹沢に向かってにこやかに微笑《ほほえ》み掛《か》ける。

「…………」

問い掛けに答えは返ってこなかった。

――つまらない。

すっくと立ち上がり、俺は芹沢を高みから見下ろす。顔に浮《う》かべていた笑《え》みは、もうどこにもない。

「話はそれで終わり？　だったら、もう帰りたいんだけど」

「ここにいろ、と云ったのが聞こえなかったのか？」

「聞いたけど、それに従う義務は俺にはないだろ？　一応、助けてもらったから『話』を聞きに来てあげただけ」

ダウンジャケットとカバンを拾い上げ、そう云い捨てた。

「助けたつもりかもしれないけど、はっきり云って邪魔《じゃま》だったんだよね。せっかく、その気になってたのに」

もちろん嘘《うそ》に決まってる。あんな男たちと同じ空間にいるだけで、虫酸《むしず》が走りそうだった。けれど、助けられたことを弱味にしたくなかったから、俺は敢《あ》えてそう云ってやる。

「何だって……？」

「気持ちいいことは好きだし。あいつらには、一回くらい抱かれてやってもいいって思ってたんだよ。じゃなかったら、あんなとこに行くわけないだろ」

険しくなる芹沢の口調に比例するように、俺の声も次第《しだい》に怜悧《れいり》なものになっていく。

「それを本気で云ってるのか」

「あんたの顔を見るくらいなら、よっぽどそっちのほうがマシだ」

「――もう、黙《だま》れ」

芹沢の顔からは、明らかに怒《いか》りの色が見て取れる。

反射的に身を翻《ひるがえ》そうとしたのだが、伸《の》びてきた芹沢の手から逃《のが》れることは叶《かな》わず、次の瞬《しゅん》間《かん》俺は腕《うで》を後ろに捻《ひね》り上げられソファーに体を押し付けられた。

「……また力ずくで云うこと聞かせる気？」

「そうだな。快楽には弱いようだし、体に云うことを聞かせたほうが早そうだ」

「な……、誰《だれ》があんたなんかに……っ！」

この俺をウリ扱《あつか》いした奴《やつ》になんか、絶対に抱かせてやるもんか。今回ばかりはプライドを傷付けられた俺は、拒《こば》むために意地になって暴れた。

だが思い切り蹴《け》りを叩《たた》き込んでやっても、押さえ付けられているこの体勢では、威力《いりょく》が落ちてしまう。案の定、二発目の蹴りはいとも簡単に受け止められ、動きを封《ふう》じられてしまった。

「何だ、抵抗《ていこう》できるじゃないか」

「放せ…っ!!」

セックスの一回や二回なんてどうってことないと思ってきたはずなのに、こいつに好きにされることだけは、何故《なぜ》かどうしても嫌《いや》だと思った。

「気持ちいいことは好きなんだろ？」

「痛ッ」

摑《つか》まれている腕を更《さら》に捻られ、痛みに呻《うめ》いてる間に両手を後ろ手にまとめられ、何かでキツく縛《しば》り上げられてしまう。

「意外とじゃじゃ馬だったんでな。ハンデを貰《もら》っておこう」

「この……っ」

ガッチリと固定された腕から離れた手が、今度は腰の辺りに触《ふ》れてくる。

次にソファーの上で体を返されたかと思うと、下肢《かし》を隠していたものを全て取り去られ、俺は無防備な姿を芹沢に晒《さら》すハメになってしまった。

「まだ、残ってるんだな」

言葉通り剝《む》き出しになった白い足のあちこちには、色鮮《いろあざ》やかな鬱血《うっけつ》が散らばっている。芹沢はその自らの征服《せいふく》の跡《あと》を、満足げに視線で辿《たど》っていく。

……ダメだ。このままじゃこいつの思い通りになってしまう…。

「あれだけしつこく跡を付けられればね。俺はもうあんたと寝《ね》るつもりは、これっぽっちもないんだ。さっさとやめてくれない？」

俺は興奮し過ぎた自分を反省し、口調をどうにかヒートダウンさせる。

「最初に誘《さそ》ってきたのは、そっちだろう」

「見込み違《ちが》いだったんだよ。今は、そんな気さらさらないね」

「――本当にその気がないのか、確かめてやるよ」

「やめろって云って…っあ！」

後退《あとず》さる腰を掴まれ引き戻《もど》され、両足を大きく左右に開かれたかと思うと、その中心にねっとりとした生暖かい感触《かんしょく》が触れた。まだ柔《やわ》らかなそれは、突然《とつぜん》の刺激《しげき》にぴくりと小さく震《ふる》える。

芹沢の舌先が俺の欲望の形を確かめるように舐《な》め上げてくる。下腹部に生まれるジリジリとした熱は、意識をその場所へ集中させた。

「…っ、く……」

「ほら。やっぱり、抱かれたかったんだろう？」

嘲《あざけ》るような口調。

なのに、鼓膜《こまく》を震わせるハスキートーンは、それだけで俺の体を甘く疼《うず》かせる。

「あんたになんか…っ」

「誰でもいいんじゃなかったのか？」

「や、ぁ、あ……っ」

芹沢の手によってゆるゆると扱《しご》かれ、裏側を舐め上げられれば、意識がその場所へと集中し、すぐに体温が上昇《じょうしょう》していった。

「放…せ…っ、ぁ、く…っ」

ダメだ……やっぱ、こいつ上手《うま》すぎる……っ。

下腹部がズキズキと疼き、腰《こし》が溶《と》け落ちてしまいそうに気持ちいい。

自身に絡《から》み付く舌の動きは巧《たく》みで、俺の敏感《びんかん》な部分を心得ている。一晩で俺の体を知り尽《つ》くしてしまったのかもしれない。俺の体も、肌《はだ》で記憶《きおく》した指先には従順だった。

「…っ、やめ……っ」

「気持ちよくしてやるから、静かにしてろ」

「ん…っ、あ…ぁ……っ」

ゆっくりと、男の唇《くちびる》に飲み込まれていく。

濡《ぬ》れた粘膜《ねんまく》に包まれると、ゾクゾクッと尾《び》てい骨から背筋に甘い痺《しび》れが駆《か》け上がっていき、下腹部が重くなり、どろどろに溶けていくような錯覚《さっかく》を覚えた。

「…ふっ、ぅ……んっ」

唇の裏側や、しっとりとした粘膜に扱かれじわりと先端《せんたん》が熱くなる。漏《も》れ出した体液を芹沢は舐め取り、そのくぼみを舌先で抉《えぐ》るように突《つ》ついてきた。

根元の膨《ふく》らみを揉《も》まれながら先端を啜《すす》られれば、腰の奥に溜《た》まった熱が一気に膨張《ぼうちょう》してしまう。

「あっ、ぁ……いや……だ……っ」

後ろ手に拘束《こうそく》されている今、芹沢の髪《かみ》を摑んで引き剝《は》がすこともできない。逃れようと腰を動かそうにも、まるで『もっと』とねだっているようにしか見えなくて。

「ひぁ……っ！」

欲望を塞《せ》き止められて、身悶《みもだ》えた。

芹沢はわざわざ指で輪を作り根元を押さえ付けてから、唇を離し訊《き》いてくる。

「何が嫌なんだ？　気持ちいいことは好きなんだろう？」

「……それ……は……」

——何が嫌なんだろう？

気持ちいいことは好きなはずなのに、どうしても意識が抗《あらが》ってしまう。

感じさせられるのが、翻弄《ほんろう》されるのが嫌だった。

一方的に遣《や》り込められることが悔《くや》しくてたまらないのだということに今、気が付いた。

「こんなに悦《よろこ》んでるくせに」

「んっ、あ……やぁ…っ!!」

恨《うら》みがましい視線を向けた俺を嘲笑《あざわら》うように、一層強く扱かれて喉《のど》からは甘ったるい嬌声《きょうせい》が上がった。

聞き慣れた自らの喘《あえ》ぎが、常よりも艶《つや》を帯びているような気がするのはどうしてだろう?

再び自身を口に含《ふく》まれ、根元の締《し》め付けが緩《ゆる》まった。わずかに弛緩《しかん》した隙《すき》に強く吸い上げられ、切なく内腿《うちもも》が震え――。

「あ…あ、あぁ……ッ」

とうとう堪《こら》え切れなくなり、芹沢の口腔《こうこう》に溜まった熱を吐《は》き出してしまった。

びくびくと痙攣《けいれん》するように注ぎ込んだそれを芹沢はごくりと嚥下《えんか》し、唇に付いた白濁《はくだく》も舌先で嘗《な》め取ってしまう。

「たくさん出したな。一昨日《おととい》あんなにしたのに淫乱《いんらん》なカラダだ」

「……悪かったね」

忙《せわ》しなく胸を上下させながら、揶揄《やゆ》してくる男を睨《ね》め付けた。

「このカラダで、男を籠絡《ろうらく》してきたのか?」

芹沢は開かせた足の間に自分の腰を挟《はさ》み込ませ、襟元《えりもと》と手首のボタンを外す。胸元《むなもと》に何もないことに今さら気付き、自分を縛ったものがネクタイだったということを知った。

覆《おお》い被《かぶ》さるような体勢になり、ニヤリと笑い掛けてくる芹沢の表情は蠱惑《こわく》的で、俺は思わずドキリとしてしまった。

苛立《いらだ》ちとは違う胸のざらつき。

何、動揺《どうよう》してるんだ……？

不思議と狼狽《うろた》えてしまう自分自身を誤魔化《ごまか》すように、捲《まく》し立てるように反論する。

「文句があるなら勝手に人の体に触《さわ》らないで欲しいんだけど」

「いや、むしろ気に入ったよ。その気の強さも、ますます自分のものにしたくなる」

「何云《い》ってるんだか……。ふざけた真似《まね》はもう――――ぅんっ……んん！」

云い掛けていた俺の唇に、芹沢はまだ青臭《あおくさ》い匂《にお》いの残る舌先を捩《ね》じ込んできた。

擦《す》れ合う舌の表面がピリピリする。

「んぅ…っ、ふ…っ……」

絡められねっとりと舐められれば、その舌先から麻痺《まひ》したように痺れていく。まるで、感覚が自分だけのものではなくなっていくようなキスに、俺は無理矢理陶酔《とうすい》させられた。

「……ぁ……ん……」

腫《は》れ上がりそうなほど執拗《しつよう》に唇を吸われ、嬲《なぶ》られる。溶けて混じり合ってしまうのではないかと思うほど舌を絡められ、飲み込み切れない唾液《だえき》は細い筋となって顎《あご》を伝って首へと落ちていった。

「…は……っ」

濡れた音と共に離《はな》れていった唇をぼんやりと視線で追う。

……何で……こんなに気持ちいいんだ……？

今までだって、随分《ずいぶん》と手慣れた奴《やつ》らと寝てきたはずなのに、芹沢のキスはそれとは比べ物にならないくらい気持ちいい。

キスだけじゃない——芹沢に施《ほどこ》される行為《こうい》の全《すべ》てに、嘘《うそ》みたいに感じさせられてる。

「どうした……？　そんな煽《あお》るような目で見つめられると、歯止めが利《き》かなくなるぞ」

素肌《すはだ》に着ていたハイネックのセーターを捲り上げられ、露《あらわ》になった胸に芹沢の大きな手が触《ふ》れてくる。

その熱い手の平の感触はやはり心地《ここち》よく、さらりと撫《な》で上げられると肌が甘くざわめいた。

「何……で……？」

「ん？」

芹沢は唇を啄《ついば》みながら、胸にある小さな粒《つぶ》を摘《つ》まみ上げる。

そこを指の腹で転がされたかと思えば、痛いほどに捏《こ》ねられ、やがて赤く色付きぷっくりと硬《かた》く凝《こご》った。

「……っあ、つ……っ！　ね……何で、こんなに気持ちいいの……？」

「何を今さら。いつもしてることだろう？」

芹沢は滑《すべ》り落ちてくるセーターに苛立ったのか、無理矢理それを首から引き抜《ぬ》いた。肩《かた》に引っ掛《か》かったセーターを腕《うで》のほうへと押し遣られ、ますます自由が奪《うば》われる。

剝《む》き出しになった肌に唇が、舌が触れ、歯を立てられて。執拗に弄《いじ》られて、敏感になっていた胸の尖《とが》りに嚙《か》み付かれれば、それだけて達してしまいそうになる。

――キスだけで、理性が溶かされてしまうなんて……。

「違《ちが》…っ、こんな、おかしくならな……、ぁっ」

「それは光栄だな。だったら、もっとおかしくしてやろう」

くっと唇の端《はし》を上げて告げると、男は着ていたシャツをばさりと脱《ぬ》いだ。

「……あ……」

シャツの下から筋肉の付いた逞《たくま》しい体が現れ、目を奪われる。

嫌味《いやみ》のようにバランスの取れたスタイル。一昨日の晩は肌では感じていたけれども、明るい場所でこうして見てみても、欠点を見つけることは難しい。

「あ……っ！」

芹沢はぼうっとしていた俺の足を摑《つか》み、大きく左右に割り開いたかと思うと片足をソファーの背に掛ける。開かれた内腿に散る鬱血《うっけつ》はより一層鮮《あざ》やかに残っていた。

その上、一度口でイカされたあとは一切《いっさい》触れられていなかったというのに、溢《あふ》れてくる蜜《みつ》で俺の中心は濡れそぼっていた。

芹沢は自らの残した印に愛《いと》おしげに触れたあと、微《かす》かに笑って揶揄してくる。

「弄ってなかったのに、びしょびしょだな」

「…だって……」

とろりとした体液の滴《したた》る自身をすっと指先で撫で下ろされ、ぴくりと震《ふる》える。その指はもっと下まで降りていき、後ろの蕾《つぼみ》に辿《たど》り着いた。

「ぁ……ん……」

惜《お》し気もなく晒《さら》したその場所は、未《いま》だ硬く閉《と》ざしている。

体を屈《かが》ませた芹沢は自身を濡らす雫《しずく》を全て舐《な》め取り、一度嚥下したあとキツく閉じた窄《つぼ》まりにも舌を這《は》わせた。

「ん…っ！」

細かい襞《ひだ》を舌がなぞり、丹念《たんねん》に濡らしていく。

生暖かな滑る感触《かんしょく》に、そこはいやらしく誘《さそ》いを掛けるかのように物欲しげにヒクついた。

「ひっ、…ぁ……あ……」

望む通りに入り口を指で押し開かれ、強引《ごういん》に内部へ舌が入り込んできた。浅い部分を出入りするそれは、まるで生き物のように蠢《うごめ》いて、そこを舐め溶《と》かそうとして…。

「や……っ、溶《とろ》け…る……っ」

ぐずぐずと蕩けていってしまいそうな感覚。

俺は、体の内側を舐められるという云いようもないもどかしさに打ち震える。

たっぷりと唾液で濡らされた入り口から、何かが中へと侵入《しんにゅう》してきた。

「さすがだな。初めから二本も入る」

節の太い指が、ずぶずぶと深く埋《う》め込まれていく。

「やぁ…っ、あ、あ…っ」

思わずきゅっと締め付けてしまったけれど、深く浅く抜き差しを繰《く》り返され、徐々《じょじょ》に解《ほぐ》れてくる。締め付けが緩まると、芹沢の指は俺の柔《やわ》らかな内壁《ないへき》を乱暴に掻《か》き回してきた。

「ぁっ、そこ……ダ…メ…、ぁあ…ッ！」

「本当にいい声で啼《な》くな」

「ぁ……んっ、あ…っ」

芹沢はくっと中で指を挫《くじ》くと、内襞を引っ掻き、敏感《びんかん》な場所をしつこく擦《こす》ってくる。

それだけでイッてしまいそうだというのに、熱が高まってくるとその指の動きを止め、はしたなく蜜を零《こぼ》す昂《たかぶ》りを握《にぎ》り込むのだ。

——気が、狂《くる》う。

「指だけじゃ物足りないだろう？」

芹沢の大きな手が俺の腰《こし》を掴み、持ち上げ引き寄せた。

ひたりとあてられたものの熱さに、カッと頭に血が上り、電流のような感覚が体を走り抜ける。勢いよく高い位置から抉《えぐ》るように穿《うが》たれた瞬間《しゅんかん》、びくんっと背中が撓《しな》り、目の前が真っ白に弾《はじ》けた。

「ひ…ぁ…っ、あぁぁ……っ！」

お腹《なか》の中に深々と入り込んできた芹沢の昂りは、ドクドクと激しく脈を打っている。内壁は男の形に押し拡《ひろ》げられて尚《なお》、絡《から》み付こうとして。

「…んぅ…っ」

一旦《いったん》、打ち込まれた欲望が引き抜かれる感触に、ザァッと鳥肌《とりはだ》が立つ。

幾度《いくど》も体内を擦り上げられ、最奥《さいおう》を突《つ》かれれば、欲望の箍《たが》が外れ、男の愛撫《あいぶ》に一層乱されるハメになった。

「あ…んっ、も、やぁ…っ…」

突き上げられるリズムに合わせて、濡れた音が室内に響《ひび》く。

激しく体を揺《ゆ》さぶられれば、繋《つな》がりの境目は溶けてなくなっていき、どこまでが自分の領域なのかわからなくなる。

絶え間なく上がる喘《あえ》ぎは、どこか遠いところから聞こえてきているようで。

俺の全神経は今、芹沢に支配されていた。

「……何人、こうしてお前を抱《だ》いてきたんだろうな」

「え……？」

呟《つぶや》きは小さ過ぎて聞き取れなかった。

半ば無意識に訊《き》き返したけれど、その答えは返ってこない。

「あ…ぁあぁ……っ!!」

容赦《ようしゃ》なく追い上げられ、限界まで張り詰《つ》めた昂りがあっけなく弾けた。

芹沢の欲望をくわえ込んだそこはキツく収縮し、更《さら》に強く締《し》め付ける。

「…っ」

ドクンッ、と体の奥に欲望の証《あかし》が注ぎ込まれる感覚に、やがて体が弛緩《しかん》していく。

「──冬弥」

掠《かす》れた声に名前を呼ばれ、鼓膜《こまく》が震えたその瞬間、何故《なぜ》か胸がじわりと熱くなった……。


「────」

……ここ、どこだ?

唐突《とうとつ》に覚醒《かくせい》した意識は、まだ見ていた夢を引き摺《ず》っているかのようにはっきりしない。

それでもどうにか頭を起こし、見慣れぬ部屋を見回そうとして、身動きが取れない体に俺はぎょっとした。

何、これ⁉

「起きたのか」

「……っ」

突然《とつぜん》、すぐ側《そば》で人の声がし、またもや驚《おどろ》かされる。

気が付かなかったのが不思議なくらい近くに、芹沢がいたのだ。

「――ちょっと訊くけど、これは何かのプレイ？」

バスローブ一枚を着せられて、ネクタイで縛《いまし》められた両手。

こんな格好をしてる理由も、縛《しば》られてる理由も、呆《あき》れて訊く気にもなれない。

椅子《いす》に座って何かの書類を手にしていた芹沢は、掛けていた眼鏡《めがね》を外し、サイドボードへ置くと淡々《たんたん》と語り始めた。

「そう思いたければ思っていろ。頼《たの》みを聞いてもらえないようだったからな、非常措置《そち》だ。ただし、自らの意志でここに残ると云《い》うなら、室内での自由は与《あた》えてやる」

一方的に断言されては返す言葉も見つからない。寝返《ねがえ》りも打てない体勢で天井《てんじょう》を見上げながら、俺はうんざりとため息を吐《つ》く。

頼みって、あれはどちらかというと命令だったような気がするんですけど。

――で？

云うこと聞かないからって、ムリヤリ監禁拘束《かんきんこうそく》しようって？

弁護士のくせに、他《ほか》に何か考えはなかったのか……。

「あんたさ、よく人から自分勝手だって云われない？」

「……それで、どうするんだ」

人の話すら聞きやしない。こんな傲慢《ごうまん》な人間、初めてだ。

「あのね。何のメリットもないような話に乗るような奴《やつ》、いるわけないだろ？」

「それはそうだな。……じゃあ、ここにいる間は、塚崎の代わりに俺が相手をしてやろう」

「はあ!?」

あっさりと認めたと思ったら、いきなり云い出すんだよこいつ。

俺が云いたいのは、そういうことじゃないんだけど…。

「メリットが欲しいんだろう？　あんな男たち相手にその気になるなんて、よっぽど飢《う》えてるってことじゃないのか？」

「だってあれは…」

芹沢に対する負け惜《お》しみであって、決して本心なんかじゃない。あんな奴らに抱かれるくらいなら、まだ塚崎を相手にしていたほうがマシなくらいだ。

「体は満足させてやるから、少しの間いい子にしてろ」

ふてぶてしい態度にカチンときたが、俺はすぐに気を取り直す。勝手なことばかり云われて腹立たしいのはやまやまだけれども、キレるだけじゃ能がない。

「……俺があんたなんかで満足できると思ってるの？」

「さっきは随分《ずいぶん》と感じていたみたいだが？　泣いて縋《すが》ってきたのは、どこの誰《だれ》だったか」

芹沢は俺の反論を鼻先で笑い飛ばし、自信たっぷりに云い返してくる。

「あれで満足できてないって云うのか？」

口角を引き上げた、嫌味《いやみ》ったらしい笑み《え》がムカつく。

何で、こいつはこんなに態度がデカいんだ！

こんな男の家に閉じ込められて二人きりで過ごすなんて、冗談《じょうだん》じゃない。だけど、このマンションからそう簡単に逃《に》げられそうにもないような気もするし…。

――でも、待てよ？

今、家に帰らなくてすむのは正直ありがたいことなんじゃないか？

家にいたら、塚崎からの執拗《しつよう》な誘いを避《さ》け、あしらわなくちゃならない。でも、ここにいれば、例の旅行とやらに無理矢理連れていかれる心配もないわけで…。

……ものは考えようってことか。

翻弄《ほんろう》されるのが気に食わなければ、こっちが振《ふ》り回してやればいいんだ。

考えてみれば、実際のところ、芹沢のほうが立場はまずいはずだ。こうして、俺を閉じ込めている間はともかく、その後で俺に監禁の事実をバラされたら確実に問題になるんだし。

「一回や二回で、調子に乗らないで欲しいね」

突破口《とっぱこう》を見つけた俺は、一気に強気になった。

「俺は調子に乗ってるわけじゃなく、真実を云っているだけだ」

「そんなこと云って。第一あとからバラされたら困るのはあんたのほうだろ？」

「お前が訴《うった》えようとしても、経歴を見たら周囲がどちらの云い分を信じると思ってるんだ？」

どこにそんな自信があるんだって訊きたくなったけれど、実際のところ、社会的信用が高いのは残念ながら芹沢のほうだろう。

だからこそ、そこを逆手に取って脅《おど》しているのに、全然応《こた》える様子がない。

神経がワイヤー並みの太さをしてそうだな、こいつ。

「逆にそれって、大事《おおごと》になる可能性もあるってことじゃないの？」

「だったら、訴える気がなくなるまで満足させてやるまでだ」

芹沢は俺が云い返す言葉が楽しくてしょうがないみたいだ。

人を食ったようなその態度が忌々《いまいま》しい。

それだって、俺がムカつくのをわかってやってる気がする。

こうなったら、受けて立ってやろうじゃないか。

「――わかった、その件に関しては降参してやるよ。あんたが云うようにここにいる間、俺を飽《あ》きさせないって云うなら大人しくしていてやる」

「お安い御用《ごよう》だ。毎晩、泣くほど悦《よろこ》ばせてやるよ」

ニヤリとした笑みを浮《う》かべ、高飛車に宣言された。

「誰が泣くって？」

「『啼《な》かせる』の間《ま》違《ちが》いだったか？」

「この──」

悪態をつき掛けたけれど、考え直し、その言葉をぐっと堪《こら》えて呑《の》み込んだ。云い返しても、ますます遣《や》り込められそうな気がして。

今に見てろよ。そんな軽口、すぐに叩《たた》けなくしてやる……。

後腐《あとぐさ》れのない相手なら、料理のしようはどうにでもある。

どうせ、退屈《たいくつ》してたんだ。ちょっと付き合ってやるくらい、たいしたことはない。

振り回して、絆《ほだ》して──溺《おぼ》れさせて。

そうして堕《お》としてやってから、ゆっくり仕返ししてやればいい。

「取り引き成立だな」

芹沢は黙《だま》り込んだ俺の手首の拘束を解いていく。

そうして触《ふ》れた芹沢の指先は、やっぱり暖かいと感じた──。

3

「俺は仕事が残ってるから、その間好きにしていろ。もちろん、部屋からは出るな」

「はいはい」

「一応云っておくが、玄関《げんかん》を開けると防犯ブザーが鳴って、警備会社に連絡《れんらく》されるようになっているから、気を付けろよ。黙って出て行こうとすればすぐにわかる」

「はいはいはいはい」

「ちゃんと聞いてるのか？」

ソファーにふんぞり返って座る俺に向かって、芹沢は仁王立《におうだ》ちで注意事項《じこう》を並べ立てる。

どっちもどっちな態度だ。

「聞いてるよ。まあ、こんな格好じゃ出るに出られないよね」

手首の拘束は解いてもらったが、身に纏《まと》っているのは白いバスローブ一枚。

そんな姿で外を出歩いたら、即座《そくざ》に通報されてしまうだろうし、それに今は真冬なのだ。外なんかに出ようものなら凍死《とうし》しかねない。

「お前の服はクリーニングに出してある。クローゼットには鍵《かぎ》を掛《か》けてきたから、俺の服を着ようと思っても無駄《むだ》だ」

「もー…。そんなに信用ならない？　俺は自分でここにいてやるって云《い》ったはずだけど」

あまりの念の入れように、俺はつい笑ってしまう。

「気が変わったときの用心だ」

「心配なら、さっきみたいに縛《しば》っておけば？」

「そんな趣味《しゅみ》はない」

「ああ、そう」

どうやら、さっきの質問が内心お気に召《め》さなかったようだ。

「安心していいよ。服なんてわざわざ探し回ろうとは思わないし、あんたのなんて着るわけないだろ？」

「探すのなんて面倒臭《めんどうくさ》いし、あんたの服は俺には似合わないから」

「どうしてだ？」

「…………」

足を組み直しながらきっぱりと云い放つと、同意したのか呆《あき》れたのか、芹沢はそれ以上云うことをやめた。

しばらく腕《うで》を組んで黙っていたかと思うと、仕事道具の一式をリビングへと持ってきた。書《しょ》斎《さい》に引き籠《こも》って俺から目を離《はな》すのは躊躇《ためら》われるんだろう。

「ここで仕事するの？」

「ああ。しばらくは構ってやれないから、好きにしていろ」

「わかってるよ」

芹沢は眼鏡《めがね》を掛け、持ってきたノートパソコンを立ち上げる。そして、封筒《ふうとう》に入っていた書類を取り出し、ゆっくりと目を通していく。

俺はソファーに座ったまま、正面で仕事を始めた芹沢をじっくりと観察する。

見た目だけは好みなんだけど。強《し》いて付け加えるなら、体の相性《あいしょう》もいい。残念なのは、性格破綻者《はたんしゃ》ってとこかな。

こうしてみると、本当に別人だよな……。

俺を組み敷《し》いているときの芹沢は、顔付きも雰囲気《ふんいき》もガラリと変わる。きっと普段《ふだん》はこの顔で過ごして、あのギラついた目をした顔は隠《かく》しているに違《ちが》いない。

でも、それを知っているのが、俺だけかもしれないと思うとちょっと楽しいかもしれない。

とは云え、ただ見ているだけにもすぐに飽きてしまい、俺は近付いてノートパソコンの横に積まれていく書類を手に取ってみた。どうやら、何かの調査書らしい。

「何これ…」

目に留まったのは、写真がクリップで止められた報告書……。

対象者、塚崎利彦——多分、興信所か何かで調べたものだろう。

「…こら。勝手に見るな」

「好きにしてろって云ったのは誰《だれ》だっけ？」

芹沢は小さく舌打ちしたあと、言葉を云い換《か》えた。

「それは見ないほうがいい」

「どうして？」

「世の中には知らないほうがいいこともあるからだ」

「……これ、本当のことなの？」

ざっと目を通した限り、どうやら塚崎はあまりいい経歴の持ち主ではなさそうだった。

事件にはなっていないようだけど、ストーカー紛《まが》いのことで、傷害も起こしているらしい。

それが全《すべ》て表に出て来ないのは、バックについている資金力や権力の強みだろう。

思ってた以上に厄介《やっかい》な人だったんだ……。

背筋がぞくりと寒くなった。

あのしつこさを思い返してみれば、この経歴にも納得《なっとく》がいく。

「……もう、見たのなら忠告しておく。お前も気をつけたほうがいい」

「そうだね…」

確かに別れるなんて云ったら、何をしでかすかわかったもんじゃない。

旅行なんかに連れて行かれたら、ろくでもない展開になってただろうし、やっぱりここにいることにしたのは正解だったかもしれない。

「まあ、ここにいる限りは安全だ」

「え？」

考えを見透《みす》かしたような発言に、俺はギクリとする。まさか顔に出てたとか…？

──って、あれ？

でも、俺と塚崎を別れさせたいんだったら、今の報告書を俺に見せれば話は早いはずだよな。それにあんな男だったら、塚崎の奥さんだって早めに別れておいたほうがいいような気がするんだけど……。ま、恋《こい》は盲目《もうもく》ってとこか…。

「いいから、早くそれを返せ」

「あ、うん」

急《せ》かされ差し出した書類の隙間《すきま》から、一枚の写真が滑《すべ》り落ちた。

塚崎のものかと思いきや、そこには上品な感じの綺麗《きれい》な女の人と……今よりもいくらか若い、芹沢の姿があった。

少し照れたような表情をしているところを見ると、懇意《こんい》な間柄《あいだがら》なんだろうと想像がつく。

「これ誰？」

「──お前には関係ない」

「はいはい」

訊《き》いてはみたけれど、思った通りのすげない返事と共に、写真を奪《うば》い返された。

だけど、あの顔……どこかで見たことがあるような気がするんだけどなぁ……。

ごく最近、目にしたはずなんだけど。

「……あ」

そうだ、塚崎の手帳に挟《はさ》んであった写真の人と一緒《いっしょ》なんだ。

と、いうことは……塚崎の奥さん？

どうして、芹沢と一緒に写真に写ってるんだ？　しかも、あんなに仲よさそうに。

「――――」

――――もう、やめよう。

俺がいくら考えたって答えが出るわけじゃないんだから。だいたい、何で俺が芹沢のことを真剣《しんけん》に考えなくちゃいけないんだ。

「何、ぼうっとしてるんだ？　具合でも悪いのか？」

「考えごとしてただけだよ。でも、あんなことした張本人のくせに心配してくれるんだ？」

「だから、だろ。さすがに手加減なしだったからな――――って、おい。どこ行くんだ」

軽口で返しながらひょいとソファーから立ち上がった俺を、芹沢は呼び止める。

「喉渇《のどかわ》いただけ」

「イタズラはするなよ」

素足《すあし》でぺたぺたとフローリングを歩きながら答えると、まるで子供に対する小言のような台詞《せりふ》を返された。

そう云われると、期待に応《こた》えてみたくなるのが人情ってものだ。

マンションのくせにやたらと部屋数が多くて広い間取りを確認《かくにん》しながら、綺麗に磨《みが》かれた——というより全然使われていないらしい、システムキッチンへと俺は足を踏《ふ》み入れる。

置いてあるキッチン用品に使われた形跡《けいせき》はなく、唯一《ゆいいつ》役に立っているのはコーヒーメーカーだけみたいだ。

俺が主婦なら泣いて羨《うらや》ましがるだろうサイズの冷蔵庫を開けると、中にはその大きさに反比例するようにして、ビールと軽いつまみのようなものしか入ってなかった。

「わかりやすい男の一人暮らしの象徴《しょうちょう》って感じ」

その中の一本を取り出そうとした俺の目に、不思議なものが映る。

「……………？」

……猫缶《ねこかん》？

そこには、ラップを掛けられ半分ほどに減った猫缶が鎮座《ちんざ》していたのだ。

何でこんなところにこんなものが…？

「まさか、酒のつまみにしてたわけじゃないだろうな」

——ニャー。

首を捻《ひね》っていると、ついでのように猫の鳴き声も聞こえてきた。

「やっぱり、鳴いてる……」

さっき、この部屋に来たときに聞こえたのは俺の空耳なんかじゃなかったんだ。

今の鳴き声、一体どこから――。

「あっ」

辺りを見回して、俺は小さく声を上げた。

キッチンの端《はし》に赤いケージ。そして、その横にはまだ封《ふう》の開いていない猫の餌《えさ》に新品同様のペットグッズなどなど。

取り敢《あ》えず手当たり次第購入《しだいこうにゅう》してきたといった様子に、俺はぽかんとしてしまった。

「何これ…」

何と云《い》うか、明らかにこの部屋とあの男には全く似つかわしくない。

カリカリとケージの扉《とびら》を引っ搔《か》く音に中を覗《のぞ》き込むと、今まで眠《ねむ》っていましたという顔の仔《こ》猫《ねこ》と目が合った。

「――え…？」

「にゃあ」

仔猫は俺に気付くなり、嬉《うれ》しそうに鳴いてくる。

真っ黒い毛並みに碧《あお》い瞳《ひとみ》。記憶《きおく》と違《ちが》うのは、赤い鈴《すず》付きの首輪を付けていること。

籐《とう》でできたケージを開け、中にいた仔猫を抱《だ》き上げて俺は確信する。その中にいたのは、数日前に一緒に飼い主を捜したあの仔猫だった。

「お前……どうしてここに……」

俺がこいつを預けたのは、真面目《まじめ》そうなサラリーマンだったはずだ。落ち着いた低音で丁寧《ていねい》な物腰《ものごし》、それに触《ふ》れた指先の暖かさをまだ鮮明《せんめい》に覚えている。

なのに、何で？

って…そんなの、答えは一つしかないじゃないか。

「……あのときのサラリーマンって、あいつ…だったんだ……」

顔は暗くて見えなかったけれど、思い返してみれば色々と符合《ふごう》する。

まあ、芹沢だって眼鏡《めがね》を掛けて取り繕《つくろ》っていれば、真面目そうに見えてしまうからな。

「待てよ？」

——と、いうことは。

俺はあいつに貰《もら》った傘《かさ》なんかを大事にしてたわけ…？

何だかそれも腹立たしい感じだ。つまり、芹沢は俺のことを初めからわかってたってことだろうか？

だから、声を掛《か》けたときに一瞬驚《いっしゅんおどろ》いた顔をしてたのか……？

「にゃあっ」

「あ、ごめん。どうした？」

首の下を撫《な》でてあやしてやっても、にゃーにゃーといって鳴き止《や》まない。

「もしかして、お腹空《なかす》いてるのか」

周囲を見てみると、ちゃんとトイレも作ってあるし、餌の入った皿まで置いてあった。もう一つの空っぽになっている容器にはきっとミルクが入っていたんだろう。

その証拠《しょうこ》に、コンロの横に仔猫用の粉ミルクの缶が乗っている。そして、周りにうっすらと広がってるのは、溢《こぼ》れた粉――――？

どうも、悪戦苦闘《くとう》のあとが見えるんですけど。

「ねえ、芹沢さん」

俺は笑いを嚙《か》み殺しながら、リビングに顔を出して声を掛ける。

「この子、お腹空いてるみたいなんだけど、ミルクあげていい？」

「……ああ」

芹沢は顔も上げずに、短い返事を返してきた。

あれ？　何か云われるかと思ったのに。

やっぱり、この子の貰い手を捜してたのが俺だってことに気付いてないのかな？

俺は首を捻りながらも、粉ミルクを溶《と》かすためのお湯を沸《わ》かしながら、かまをかけてみた。

「あんたが猫飼ってるなんて意外だね」

「そうか？」

「どこから貰ってきたの？」

「捨て猫だ」

「ふうん」

なんだ……俺があのとき仔猫と一緒にいた奴《やつ》だって、わかってないんだ。

俺だって、暗かったせいで相手の顔の造作まではわからなかったんだし、それも当然か。

「この子の名前は？」

「まだつけてない」

それにしても、猫の飼い方なんて全然知らないくせに引き取るなんて、芹沢も考え無しなんだかお人好《ひとよ》しなんだか……。

仔猫を引き取ったのも、ホテルで乱暴してきたのも、俺を助けて叱《しか》りつけてきたのも全部芹沢だと思うと、一体どれが本当の顔なのかよくわからなくなってくるけれど。

「じゃあ、俺がつけようっと」

芹沢の返事を待たず、キッチンへと引き返す。

——決めた。

どうせ、しばらくここにいるんだし、その間にこの子も芹沢もしっかり躾《しつ》けてやる。

ミルク用のお湯を沸かしながら、楽しみが一つできたと一人ほくそ笑《え》んだ。

「……寝《ね》ちゃった」

ミルクをお腹いっぱいになるまで飲んだ仔猫は、しばらく俺の膝《ひざ》の上で遊んだあと眠ってしまった。

小さく上下する体を微笑《ほほえ》ましく思いながら、その頭をそっと撫でると小さく身じろぎをする。その振動《しんどう》で、チリンと首に付いた鈴が微《かす》かに鳴った。

起こさないようにと気を付けながら、ふと顔を上げてみると、芹沢はまだ仕事に没頭《ぼっとう》しているようだった。

仕事熱心なのは感心だけど、こちらをちらりとも窺《うかが》おうともしない態度が気に食わない。

「まだ終わらないの？」

「何だ？　もう退屈《たいくつ》になったのか？　もう少し待ってろ。相手してやるから」

そう云ってふっと笑いながら眼鏡を押し上げる姿に、不本意ながらちょっとだけドキリとしてしまう。

こら、俺のほうが動揺《どうよう》させられてどうするんだ。

「待てない。相手してくんないんだったら、この格好で外出ていってもいいいんだよ？」

「子供か、お前は」

「そういう扱《あつか》いをしてるのは、どっちだよ」

「わかったわかった。降参してやるよ」

そんな肩《かた》まで揺《ゆ》すって笑うことないだろうに。

掛けていた眼鏡を外し、立ち上がった芹沢は俺の横を通りどこかへ行こうとする。

「どこ行くの？」

「コーヒーくらい飲ませろ。お前も飲むだろう？」

「煮詰《につま》ってないやつならね」

「贅沢《ぜいたく》云うな」

カップを両手に持って戻《もど》ってきた芹沢は、俺の隣《となり》に座った。

手渡《てわた》されたコーヒーからは、淹《い》れ立てのいい匂《にお》いがする。どうやら、俺の要望を聞いてくれたらしい。

「訊《き》きたかったんだけどさ、弁護士って家で仕事できるもんなの？」

「今は特別だ。関《かか》わっているのが、塚崎の件だけだからな」

「ふうん。どこかの事務所に勤めてるとかじゃないんだ」

「今度、個人事務所を興《おこ》す」

ってことは、今はその準備のために自宅作業中ってことか。

さっきの書類にまぎれてた登記簿《ぼ》とかは、きっとそっちの資料だったんだろう。この若さで個人事務所なんて、無謀《むぼう》なのか優秀《ゆうしゅう》なのか。

「けっこうやり手なんだ？」

「どうだろうな。俺もお前に訊いてみたいことがあるんだが」

芹沢はコーヒーをローテーブルに置くと、俺のほうに向き直る。

「何を？」

「……あいつのどこが良くて付き合ってるんだ？」

しばらく躊躇《ためら》ったあとに云われた質問に、俺は首を傾《かし》げた。

「あいつって？」

「塚崎だよ。どいつもこいつも、外面《そとづら》に騙《だま》くらかされてるんじゃないのか？」

「ああ、あの人ね……」

そうだった。芹沢は俺のことを、塚崎の愛人だと思ってたんだっけ。

誤解させたままのほうが面白《おもしろ》いからいいんだけど。『付き合ってる』って感覚がなかったから、一瞬わかんなかった。

「初めはよかったんだけどなあ」

「どういう意味だ？」

「遊び慣れてそうだと思ったんだけど、最近しつこくてちょっとね…」

そう云うと、芹沢は分かりやすく表情を変えた。

芹沢的には、俺が自主的に別れると云い出すほうが望ましいに違《ちが》いないのだから、この反応はある程度予測がついていた。

「別れたいのか？」

「そうだね、どうしようかなぁ。見た目は捨て難《がた》いんだけど」

簡単に食い付いてくる態度が可笑《おか》しくて、俺はつい答えをはぐらかしてしまう。

なのに、返ってきた言葉は予想とは違う方向——最終的な狙《ねら》いとしては当たりなのかもしれないけど——を向いていた。

「あんなのより俺のほうが、よっぽどいい男だろ」

真剣《しんけん》な表情で告げられ、うかつにも胸が震《ふる》えてしまう。

ちょっと……そういう不意打ちは卑怯《ひきょう》だろ。

俺ってば、思ってた以上にこの手の顔に弱かったのか？

「何それ、笑うところ？」

動揺を隠《かく》しながら、芹沢の本気とも冗談《じょうだん》ともつかない言葉に軽口で切り返す。

「お前はこういうことができればいいんだろう？」

真顔で云いながら手からコーヒーカップを抜《ぬ》き取ると、芹沢は俺をソファーに押し倒《たお》してきた。そうして、するりとバスローブの下に潜《もぐ》り込んできた手の平は俺の腿《もも》を撫《な》で上げる。

「違うのか？」

……何だ『取り引き』の延長だったのか。

代わりに俺がしばらく遊んでやるから、塚崎から手を引け――――そう云いたいんだろう。

「こればっかりだと思われるのは心外だな。……ん」

駆《か》け引きを仕掛《しか》けてくるつもりなら、こっちだって負けてはいられない。俺は立てた膝を少しだけ開き、その内側へ芹沢の手を導いた。

「――冬弥」

気付いてるんだろうか？　俺が、その声に弱いってこと。

名前を呼ばれることが、こんなに心地《ここち》よいものだって今まで知りもしなかった。

「ん…っ」

行為《こうい》の卑猥《ひわい》さに、体が昂《たかぶ》り熱を持ち始める。するとその反応を感じ取り、芹沢の手はすぐに自らの意思を取り戻した。

腿の付け根の皮膚《ひふ》の薄《うす》い場所を彷徨《さまよ》っていた長い指が自身に絡《から》み付き、ゆっくりと上下に扱《しご》き始める。

「…ぁ……芹沢さ…ん……」

わざとらしく甘い吐息《といき》を漏《も》らし、俺は芹沢の首に腕《うで》を巻き付け顔を引き寄せた。

唇《くちびる》が触《ふ》れ合おうかというそのとき――――。

「ふみゃっ」

「……あ……」

膝の上で寝ていた仔猫《こねこ》が、苦情の声を上げた。

二人の間に挟《はさ》まれて、目が覚めてしまったんだろう。

「ごめんね、起こしちゃった」

俺は覆《おお》い被《かぶ》さる芹沢を放《ほう》って、仔猫を胸に引き上げる。縋《すが》り付いてくる小さな体を優《やさ》しく撫でながらあやしていると、上からも苦情が来た。

「……おい。こっちはどうするんだ？」

「悪いけど自分でしてくれる？　俺、この子寝かしつけてくる」

どっちがより重要かって云ったら、仔猫のほうに決まってる。

「そうか、わかった。……何て云うわけないだろう」

「あ、ちょっと！」

体を起こした芹沢は、片手で俺の腕から仔猫を掬《すく》い上げると、斜《なな》め前の一人掛けのソファーにそっと下ろし、俺には使わないような優しい声音《こわね》で囁《ささや》き掛けていた。

「いい子だから大人しくしていろよ？」

「にゃあ」

芹沢が指先で撫でると、仔猫は一声鳴いて、ソファーの上でくるんと丸くなり昼寝の体勢に入る。目を瞑《つぶ》り気持ちのよさそうな表情を浮《う》かべて。

何か、やけに聞き分けがよくないか？　いつの間に、そんなに手懐《てなず》けてたんだよ……。

「次はお前の番だな」

「……俺は猫と一緒《いっしょ》なわけ？」

憮然《ぶぜん》と呟《つぶや》くと、まるで仔猫にしたみたいに喉元《のどもと》を指先でくすぐられる。くしゃりと頭を撫でられると、不本意ながら気持ちがよかった。

「似たようなもんだろう。お前のほうが手は掛かるがな」

「何それ」

どっちが手を焼いてやってるんだ、どっちが。

「拗《す》ねるなよ。お前のほうが大事だから、こうやって機嫌《きげん》取ってやってんだろうが」

大事って云ったって、どうせ『大事な人質《ひとじち》』程度のことだろう？

「どうだか――――……ん……」

憎《にく》まれ口を叩《たた》こうとした唇を、さっさと塞《ふさ》がれてしまっては何も云うことができない。

柔《やわ》らかな甘ったるい口づけに、文句を云う気分も殺《そ》がれてしまった。

忍《しの》び込んでくる舌先は、コーヒーの味がする。ほろ苦いそれを味わうかのように絡ませると、ぐっと腰《こし》を引き寄せられ、ますます体が密着した。

バスローブの下の肌《はだ》が火照《ほて》っていく。

トクトクと速くなっていく俺の鼓動《こどう》。誘《さそ》っているのはこっちだというのに、初心《うぶ》な少女のように胸を高鳴らせているのはどうしてなんだろう？

「……ぁ……」

はだけた胸元《むなもと》に落とされるキスが、誓《ちか》いの証《あかし》のような真摯《しんし》なものに錯覚《さっかく》してしまう。

——絶対にそんなことあるわけないのに…。

事務的な態度を取るくせに、触れてくる手、唇は熱くて優しい。取り引きでしかないこの行為だというのに、まるで愛《いと》おしむような手付きで触れるのは、一体何のためなんだろうか。

胸の奥のツキン、という痛みに気付かないふりをしながら、甘えるように頬《ほお》を擦《す》り寄せ、首筋に顔を埋《うず》める芹沢の髪《かみ》に指を差し入れた。

触れられればドキドキと落ち着きをなくすのに、その接触《せっしょく》が逆にある種の心地よさも生む。

快楽だけではない何かを感じていることは確かだった。

俺はこいつを落とさなくちゃいけないのに、手懐けられちゃ意味がないというのに。

「冬弥？」

そんな仕草を不思議に思ったのか、芹沢は訝《いぶか》しげに俺の名を呼ぶ。

「…ベッドに連れて行ってよ」

心の内を見抜《みぬ》かれまいと、無意味なわがままを口にする。

見上げた瞳《ひとみ》が熱に潤《うる》んでしまっていたけれど。

「こんなカラダで何云《い》ってる」

「あ…っ」

昂る中心をバスローブの上から押さえ付けられ、現状を教えられる。ぼんやり考えごとをしている間に、俺の体はすっかり抜き差しならない状態になってしまっていたらしい。

「それに、誘っておいて他《ほか》のことを考えてるのはマナー違反《いはん》じゃないのか？　抱《だ》かれてるときくらい、相手のことを考えてろ」

「あ……」

思いっきりバレてるし。

でも、一応芹沢のことを考えてたんだけど。

だからって、何を考えてたかなんて云えるわけがない。

「躾《しつ》け直してやらないといけないみたいだな」

「あんたが俺を？」

俺が思ったのと同じようなことを口にする芹沢を、つい鼻先で笑ってしまった。

そう簡単に云うこと聞くと思ってるわけ？

「俺のことしか考えられなくしてやろう」

本気なんだか冗談《じょうだん》なんだか、判断がつかない。

「できるものなら、どうぞ？」

自信満々な口調。買い言葉に売り言葉で、ついそんな茶々を入れてしまう。

だけど、後悔《こうかい》なんかしていない。

手懐けるのは俺のほうなんだから。

「その言葉、忘れるなよ」

そう云ってニヤリと笑った芹沢は、俺の喉元に嚙《か》み付いた。

4

「おかしい……」

目覚めたばかりのベッドの上で、俺はごろごろと寝返《ねがえ》りを打ちながら呟いた。

――誘惑《ゆうわく》して、夢中にさせて、手放せなくなったあたりでこっぴどく振《ふ》ってやる。

そのつもりでいたというのに、芹沢の態度が一向に変わらないのだ。

気合いを入れて、毎晩のように誘いを掛けている。だけど、悔《くや》しいことに何度体を重ねても、いつも同じようにあしらわれ、一方的に啼《な》かされるだけだった。

俺を抱く腕はあんなに熱いのに、事後の態度は至って冷静で付け入る隙《すき》が見当たらない。

「こんなに難関だとは思わなかったんだけどな…」

今まで、俺が体で落とし に掛かって、落ちなかった奴《やつ》なんて一人もいない。ベッドの中でねだって甘えてやると、だいたいが都合よく誤解して勝手に夢中になってくれる。

芹沢だって最初の晩は簡単に俺の誘いに乗ってきたし、絶対に上手《うま》く落とす自信があったのに。どうして上手くいかないいかな。

…このままじゃ、仕返しどころじゃなくなってしまう。

「こうなったら、作戦を変えるしかないか」

積極的な誘惑路線から、家庭的で献身《けんしん》的な方向性で攻《せ》めてみることに決めた俺は、ベッドから抜《ぬ》け出すと、クリーニングから戻《もど》ってきていた自分の服を身に着け、キッチンへと向かった。

「材料は……っと」

ぱくん、と開いた大型冷蔵庫の中を覗《のぞ》くと、初めてきたときに比べると、まともにものが入っていた。基本的に酒のつまみの延長のようなものばかりだったが、それで充分《じゅうぶん》だ。

「そうだ」

あと、『あれ』はこういうときには必須《ひっす》だよな。どこかにあるといいんだけど。

そうやって、キッチンでガタゴトやっている俺の姿を黒い仔猫《こねこ》は、不思議そうな目で眺《なが》めていたのだった。


「ねえ、それっていつまでやってるの？」

薄《うす》く開いた扉《とびら》の間から顔を覗かせ、書斎《しょさい》に籠《こも》るようになった芹沢に控《ひか》えめに声を掛《か》けた。当然、落とすためのアイテムは、ちゃんと用意してきた。

ついでにキッチンを探し回って発見したエプロン。セットしたダイニングテーブル。お膳立《ぜんだ》てはばっちりだ。

「起きたのか。よく眠《ねむ》っていたな」

それじゃ、まるで俺が寝穢《いぎたな》いみたいじゃないか。人聞きの悪い云い方はしないで欲しい。

「…あんたが寝かせてくれなかったからだろ」

「それはお互《たが》いさまだろう。で、何の用だ？」

芹沢はノートパソコンから顔を上げ、掛けていた眼鏡《めがね》を外す。この仕草を見るのが何となく好きで、つい仕事を中断させたくなる。

用意していた台詞《せりふ》を頭の中で反復しながら、口にする。役作りは完璧《かんぺき》だと思うんだけど。

「そろそろお昼だから」

「もう、そんな時間か。何が食いたい？　毎日、店屋物で悪いが……」

お腹《なか》が空《す》いたと訴《うった》えに来たと思ったらしく、芹沢はこのところお決まりとなりつつある台詞を云いながら、書類の散乱する机の上からコードレス電話を手に取った。

ちょっと待てってって！　ここで何か注文されてしまったら、俺の努力は水の泡《あわ》じゃないか。

「そうじゃなくて……作ったから、食べないかなと思って」

立ち上がり掛けた芹沢は、俺の言葉にぴたりと動きを止めた。

「……お前が？　何を？」

「何って、昼ご飯に決まってるだろ」

今の話の流れで、他に何を作ってると思うんだよ……。

「どういう風の吹《ふ》き回しだ」

芹沢は思いきり怪訝《けげん》そうな顔で、俺の顔をまじまじと見つめる。熱でもあるんじゃないのか、とでも云いたそうな顔だ。

「暇《ひま》だったから。食べたくないなら別にいいよ、俺一人で食べるから」

「食べないなんて云ってないだろうが。せっかくだから、ご馳走《ちそう》になろう」

そう云えば、追い掛けて来ることも計算済みだ。廊下《ろうか》に出てきた芹沢の気配に足を止め、俺はくるりと振り返ってみせる。

「本当に？」

「本当だ」

「まずくても文句云うなよ」

「約束する」

芹沢は俺のあとに続き、興味津々《しんしん》といった様子でダイニングへと入ってきた。

「へえ、これをお前が作ったのか」

テーブルを飾《かざ》る二人前の料理に感心しているのを見て、俺は内心ほくそ笑《え》む。やっぱり、この手のタイプのほうが、好みにあっていたらしい。

冷蔵庫に入っていたつまみ用のトマトとオリーブと軽く茹《ゆ》でたソーセージをオリーブオイルで和《あ》えて、冷やしたパスタに絡《から》めるだけの単純なメニューだけど、見栄《みば》えはそう悪くない。

「ありあわせの材料で作ったけど、食べられなくはないと思うよ」

芹沢が席につくのを見守り、俺もその正面に座る。そして、フォークに巻き付けたパスタを口に運ぶのを見届けてから、訊《き》いてみた。

「どう？」

「思ってたより旨《うま》いな」

本気で驚《おどろ》いてるみたいだ。

「失礼だな！」

「お前、家事なんかできそうにないじゃないか。意外だったよ」

「そうかなあ？　料理は上手《うま》そうって、よく云《い》われるんだけど」

「それは、お前をよく知らないから云えるんだろ」

何だよ、それ。そんな云い方だと、まるで芹沢はよく知っているみたいに聞こえる。

まあでも、実際のところ芹沢の予想のほうが当たってる。

『家庭的で、丁寧《ていねい》で、優《やさ》しそう』という思い込みの褒《ほ》め言葉は、何人からも云われた覚えがあるけど、俺は基本的に家事は苦手だし、料理だってこれしか作れない。

「自炊《じすい》してるのか？」

「まさか、実はこれだけしかできなかったりして。前に付き合ってた奴が料理が得意でさ、いざというときのためにって無理矢理教えられたんだ」

強引《ごういん》で一生懸命《けんめい》だった年下の『恋人《こいびと》』。今まで付き合った中で、『恋人』と呼べるのはあいつくらいかもしれない。それも、もう過去のことだけど。

「――そうか」

「そいつ、和食のほうが得意なんだけど、俺には難しくて――どうしたの？」

何か、不機嫌《ふきげん》になってない？

「いや」

「？」

突然《とつぜん》無口になった理由を訊いても、のらりくらりとはぐらかされて教えてはもらえずに、結局、そのあとはろくな会話もなく食事が済んでしまった。

せっかく上手く行きかけてたっていうのに、何がいけなかったんだろう？

もしかして、料理が気に入らなかったとか？

それとも、まさか昔の恋人の話をしたから？

…それはありえないか。芹沢がヤキモチなんか焼くはずないし。

「ごちそうさま」

芹沢は全《すべ》て食べ終わると、すぐに席を立った。食後をゆっくり過ごそうという気は、さらさらないらしい。

「……ごちそうさまでした」

書斎へ戻ろうとする芹沢を呼び止めることなく、俺は後片付けに取り掛かった。

——ほんっとに、よくわかんない奴。

せっかくの作戦だったのに、これも失敗するなんて。

あんな気紛《きまぐ》れな男、落とそうと思うのが間違《まちが》ってるんだ、きっと。

「あ…っ」

ガシャーン！

キッチンに耳を塞《ふさ》ぎたくなるような嫌《いや》な音が響《ひび》き渡《わた》る。

「うわ…やっちゃった…」

意識がそぞろになっていたせいで、重ねた皿を滑《すべ》り落としてしまった。

勢いよく落下した皿は、見事に砕《くだ》け散っている。俺は慌《あわ》てて屈《かが》み、散らばった破片《はへん》を拾い集めていった。あーあ、高そうな奴《やつ》だったのに。

「どうした!?」

「ごめん、お皿割っちゃって。今、片付けるから」

騒《さわ》ぎを聞き付けた芹沢が、慌てて戻《もど》ってきた。

……怒《おこ》られるかも。だけど、芹沢の口から出てきたのは、俺を心配する言葉だった。

「危ないから素手《すで》で触《さわ》るな」

「大丈夫《だいじょうぶ》だって——痛っ」

強がりを云った途端《とたん》、指先にピリッとした痛みが走る。云った側《そば》からこれじゃ、格好付かないよ。

「だから云っただろう。いいから、こっちに来い！」

「でも、まだ片付いて……」

「それは俺があとでやっておく。それよりも手当てが先だろうが」

「…はい」

ピシリと云われ、渋々《しぶしぶ》と殊勝《しゅしょう》に頷《うなず》いた。

怪我《けが》をしていないほうの手を引かれ、ソファーへと連れて行かれる。芹沢はローテーブルの下に置いてあった救急箱を取り出し、傷付いた手を検分した。

「これはどうした？」

「あ、それはさっきちょっと…」

料理をしていたときに作った赤い跡《あと》を指摘《してき》される。まさか、そんなものまで追及《ついきゅう》されるとは思ってもいなかったから、狼狽《うろた》えてしまった。

「ちょっと、何だ？」

「……お湯零《こぼ》すときに掛《か》けちゃって」

格好悪いから云いたくなかったのに、剣幕《けんまく》に負けて白状してしまった。

「火傷《やけど》の跡か。ちゃんと冷やしておいただろうな？」

「まあ、そこそこは」

「この馬鹿《ばか》！　手当てをきっちりしておかないと、あとが残るだろうが」

至極真面目《しごくまじめ》に注意されたりなんかすると、何だか小学生に戻ったような感じがする。

芹沢は手早く俺の指先を消毒し、傷口に軟膏《なんこう》を塗《ぬ》り込んで絆創膏《ばんそうこう》を貼《は》る。火傷のあとも同じようにされ、俺の右手は絆創膏だらけになってしまった。

「大袈裟《おおげさ》だなあ……」

「傷を甘く見ると化膿《かのう》するぞ。お前もいい大人なんだから、そのくらい覚えておけ」

「…はーい」

つい、間延びした返事で不貞腐《ふてくさ》れた態度をとってしまったけれど、本当はそんなに嫌な気はしてなかった。

芹沢に叱《しか》られたのは二度目だ。こうやって声を荒《あら》らげて云われることは、俺のためのことばかりだ。

強引なくせに、優しいというか、几帳面《きちょうめん》というか。

一括《ひとくく》りにして云ってしまえば、とことんマイペースなんだろう。それは、云い換《か》えれば自分勝手とも云うけれど。

左手も熱心に確認《かくにん》している芹沢に俺は苦笑《くしょう》を漏《も》らしてしまう。

……こんな生活も、そんなに悪くないかもな。

ふと浮《う》かんできたそんな考えに、俺は自分で待ったを掛ける。

馬鹿だな、俺のほうが絆《ほだ》されてどうするよ。

それじゃ、全然意味がないだろう？

また、他《ほか》の作戦を考えなくちゃいけないのかと思うと、うんざりだ。

「何、笑ってるんだ？」

「え？」

指摘されて始めて、自分の表情に気が付く。いつの間にか、笑《え》みを浮かべていたらしい。

「いやに楽しそうじゃないか。何か、よからぬことでも企《たくら》んでるのか？」

「それは企業秘密《きぎようう》でしょ」

動揺《どうよう》に顔が強張《こわば》りそうになったけれど、何とかそれを受け流す余裕《よゆう》は残っていた。

……楽しそう、だって？

そんなはずはないと思いながらも、それを強く否定するだけの要因は、今の感情の中からは見つけだせそうにもなかった。

5

「……帰ってこないねぇ」

『ユキ』と名前を付けた仔猫《こねこ》は、にゃあと返事をして俺の顔を見上げた。命名の理由は一応あるけれど、訊《き》かれていないから云《い》ってない。

フローリングにうつ伏《ぶ》せに寝転《ねころ》びながら、不自由な手でおもちゃの猫じゃらしを揺《ゆ》らしてユキを遊ばせていたけれど、それも疲《つか》れてしまった。

今日は、どうしても出掛《でか》けなくちゃできない用事とやらで、朝から芹沢がいない。

俺が部屋から逃《に》げ出さないようにとの処置でバスローブしか着てない上に、手首と足首を前で縛《しば》られているせいで何もすることができないのだ。

お腹《なか》も空《す》いたし、喉《のど》も渇《かわ》いた。それは俺だけじゃなくて。

「にゃー…」

「ごめんね。こんな格好のせいで、ミルクもごはんも用意できないんだ」

できるだけ早く帰ってくるとか云ってたのはどこの誰《だれ》だ。

もう、こうなったら寝てるしかないか。

ごろりと横向きになると、ユキが顔を覗《のぞ》き込んできた。

「お前も一緒《いっしょ》に寝る?」
そう声を掛けると、俺に体を擦《す》り寄せるようにして昼寝の体勢に入る。大人しく目を閉じたのを確認し、俺もゆっくりと目蓋《まぶた》を下ろしていった。

……冷徹《れいてつ》な声が、辺りに響く。
『もう、お前は必要ない』
暗闇《くらやみ》の中、唯一《ゆいいつ》開いた扉《とびら》から光が差し込んでいた。
その光を背に立つ男のシルエットは、はっきりとせず、薄《うす》ぼんやりとしていて。
『私の顔に泥《どろ》を塗った、この役立たずが』
吐《は》き捨てるように投げつけられる言葉は冷たく、云《い》われる度《たび》に胸が痛んだ。
『待って! 置いてかないでよ!!』
暗闇から出て行こうとする男に、俺は追い縋《すが》った。縋る相手は、他にいなかったから。
『お願い、一人にしないで……!』
もう、閉じ込められるのは嫌だ。こんな暗くて狭《せま》いところなんかにいたくない。
だけど、無情にも外と繋《つな》がる唯一の扉は、ゆっくりと閉まっていく。

……バタン。

『誰か！　誰か助けて…っ！　お願いだから…っ』

ここから出して――。

カタン、という小さな物音に、ふっと意識が覚醒《かくせい》する。

「あ…れ…？」

部屋が明るい…？

ぱちぱちと瞬《まばた》きを繰《く》り返すと、視界がはっきりしてくる。夕焼けのオレンジ色が部屋を染め、はっきりとした陰影《いんえい》を形作っていた。

……そっか、今のは夢か……。

長らく思い出の底に閉じ込めていたはずの『悪夢』だ。

忘れたくても忘れることのできない、嫌《いや》な記憶《きおく》――。

目が覚めてもまだ、喉の奥に苦いものが残っている。じっとりとした冷たい塊《かたまり》が胸に詰《つ》まっているような不快感が、どうしても消えていかない。

だけど……どうして、今さらあんな夢を見たんだろう？

もう、何年も思い出すことはなかったのに。

「あ、そうか…」

不自然な体勢で固まった体を動かそうとして、その理由に思い当たった。

あのときと同じように縛られて、一人きりにさせられたから。そのせいで記憶が引き摺《ず》り出されてしまったに違《ちが》いない。似通った状況《じょうきょう》が、誘《さそ》い水になったんだ。

「馬鹿だな、俺」

あいつと芹沢は、全然違うのに。

「にゃ?」

一緒に目を覚ましたユキが、ペロリと顔を舐《な》めてくる。

「何?　慰《なぐさ》めてくれてるの?」

くすりと笑うと同時に、リビングのドアが開いた。

「悪い、遅《おそ》くなっ――……どうしたんだ、冬弥!?」

「どうしたって、何が?」

声のしたほうに首を向けると、帰ってきたばかりの芹沢が驚《おどろ》いた様子で立ち尽《つ》くしていた。

この部屋のどこに、そんなに驚くほどのことがあるっていうんだ?

ユキと遊んでいたときのおもちゃが散らばっているけど、血相を変えるようなことでもないと思うんだけど。

「何がって……お前、泣いてるじゃないか」

呆《あき》れたように指摘《してき》されて、初めて気が付いた。

「……あ…本当だ……」

いつの間にか込《こ》み上げてきていた涙《なみだ》が、頬《ほお》を静かに伝い落ちていた。

さっき、ユキが舐め取ったのは、知らずに溢《あふ》れていた俺の涙だったのか。

「俺がいない間に、何かあったわけじゃないだろうな？」

「別に何もないって。ちょっと、夢見が悪かっただけ」

俺は縛られたままの手の甲《こう》で、目に溜《た》まった涙を拭《ぬぐ》った。ユキはそんな俺の様子を不思議そうに眺《なが》めている。

「そんなに怖《こわ》い夢を見たのか」

俺の涙がそんなに珍《めずら》しかったのか、芹沢は少し動揺しているようだった。

「ちょっと、昔のね……」

怖い夢、なんだろうか？

どちらかと云えば、恐怖《きょうふ》よりも絶望感かもしれない。

「昔？」

「そんなことより、早くこれどうにかしてよ。もう、体痛くって」

ぼそりと呟《つぶや》いた言葉を聞き留められたけど、俺はさらりと聞き流し、不満を訴《うった》えることでそれ以上の追及《ついきゅう》を阻《はば》んだ。

「こんなところに転がってるからだ。寝るなら、ソファーかベッドに行けばいいだろう」

どうやら、上手《うま》く誤魔化《ごまか》されてくれたらしく、軽口が返ってくる。

「そこまで行くのが面倒《めんどう》だったんだよ。いいから、早くこれ外してよ」

「縛れっつったのはお前だろうが」

「別にそんなこと云ってないけど？　放《ほう》っておいたら逃げちゃうかもねって云っただけで」

縛ることは趣味《しゅみ》じゃないと頑《かたく》なに云い張る様子が可笑《おか》しくて、そうからかってやったのだ。

ちょっとの間くらいたいしたことないだろうと高を括《くく》って云ったことだった。

「云ってるようなもんだ」

憮然《ぶぜん》とした顔付きで見下ろされる。

「冗談《じょうだん》くらい判別してよ。だいたい、早く帰ってくるとか云ってたくせに、なかなか戻《もど》ってこないのが悪いんだからね」

「だから、悪かったって云ってるだろう」

「心が籠《こも》ってない」

偉《えら》そうにふんぞり返って謝られたって、嬉《うれ》しくもなんともない。

芹沢は手にしていた紙袋《かみぶくろ》を差し出して云った。

「知るか、そんなこと。ほら、お前の服を買ってきたから、あとでこれを着ろ」

「へえ、わざわざ服なんか買ってきたんだ。待遇《たいぐう》のいい監禁《かんきん》だね」

これじゃ、監禁っていうより愛人を囲ってるみたいだ。俺的に、それもネタとしてアリかなって気はするけど。

どうせ暇《ひま》なんだし、愛人ごっこに興じるのも悪くない。本当にそうなるのは遠慮《えんりょ》するけど。

「余計なことは云わないでいい。一着じゃ困るだろうと思ったまでだ」

芹沢は俺のすぐ側《そば》に膝《ひざ》をつき、寝転《ねころ》がる俺を起き上がらせてから、足を縛《しば》っていたバスローブの紐《ひも》を外した。両足を交互《こうご》に動かし、自由になったことを実感する。

「ねえ、喉渇《のどかわ》いた」

「にゃー」

ユキは『お腹空《なかす》いた』と訴えている。

「いい子にして待ってろと云《い》っただろう」

二人（？）から責められて、芹沢は閉口していた。うんざりとした様子で、しっかりとした手首の縛《いまし》めを解《と》こうとしたけれど、さっきのように簡単には外れない。

「解けないな」

「キツく縛り過ぎじゃないの？」

「拘束《こうそく》するのに、緩《ゆる》く縛ってどうする」

それもそうか。芹沢の言葉に納得《なっとく》しつつ、俺は気掛《きが》かりを告げた。

「こっちはいいから、先にミルク用意してやってよ」

俺はいくらでもガマンできるけど、仔猫《こねこ》はマメに世話してやらなくちゃいけない。こうしてる間にも、にゃーにゃーと自己主張し続けている。

「…わかった。お前はちょっと待ってろ」

一旦《いったん》、結び目を解くのを諦《あきら》めた芹沢はキッチンへ姿を消し、しばらくガタガタとやったあと、やがて離乳食《りにゅうしょく》の入った皿とミネラルウォーターのペットボトルを手に戻ってきた。

リビングに置いてある段ボール箱で作った寝床《ねどこ》にその皿を入れ、とてとてと寄っていったユキをその中に入れる様子を俺はしみじみとした気持ちで眺めていた。

無骨に見える手なのに、ユキを扱《あつか》うときはとても繊細《せんさい》だ。

……それと、俺を触《さわ》るときも。

態度はあんなに傲慢《ごうまん》で横暴なのに、それが意外だった。

芹沢はしばらくユキを眺めたあと、再び俺の目の前に膝をつき、命令口調で云ってくる。

「ほら、手を出せ」

「はい。頑張《がんば》ってね」

俺のほうも、この数日でこのぶっきらぼうな態度に慣れてしまい、わざわざムカつくことが無駄《むだ》だとわかってきた。学校へ訪ねてきたときのあの丁寧《ていねい》な態度は、かなり無理して作ってたっぽい。

「やっぱり解けないな……」

「じゃ、切っちゃえば」

「おい。簡単に云うが、これは俺のネクタイなんだぞ」

見た感じ、高そうな気はしてたけど。俺にあんな金を払《はら》う余裕《よゆう》があるんだったら、ネクタイの一本や二本、どうってことないんじゃないの？

「そんなもので縛るのが悪い。とりあえず、喉が渇いてるから、先にそれ飲ませてよ」

「俺がか？」

芹沢は怪訝《けげん》な顔つきで、訊《き》いてきた。そんなこと、考えもしなかったらしい。

「他《ほか》に誰《だれ》がいるの？」

「……そうだな」

自分の中で納得したのか、芹沢は床《ゆか》に置いてあったペットボトルを手に取り、蓋《ふた》を開けて俺の口元へ近付けてきた。

「違うって」

「は？」

「こうするんだよ」

悪戯心《いたずらごころ》を出した俺は、縛られたままの手でぎこちなく摑《つか》んだ服を引っ張り、芹沢の薄《うす》い唇《くちびる》にちょん、とキスをする。その動きのせいで、ペットボトルから水が溢れて、バスローブの襟元《えりもと》が濡《ぬ》れてしまった。

「なるほど」

驚《おどろ》きもせずに無表情で頷《うなず》いた芹沢は、自らペットボトルから水を口に含《ふく》み、その唇で俺に口づける。

「……ん……」

合わせられた唇から流れ込んでくる水が渇いた喉を潤《うるお》していく。飲み切れずに溢れた水は顎《あご》を伝い、バスローブに吸い込まれていった。

貰《もら》うものがなにもなくなったあとも、唇は離《はな》れていこうとはせず、むしろ交わりが深くなっていく。

困らせようと思ってやったのに、少しも動じてもらえないとさすがにムカつく。

せめてキスで翻弄《ほんろう》してやろうと、もっととねだるように舌を差し入れたりしても、それは簡単に絡《から》め取られ、逆に頭がくらくらするほど口腔《こうこう》を掻《か》き回された。

「…っは、ぁ……」

キスが甘い。お互《たが》いの唇を貪《むさぼ》るように味わったあと、上擦《うわず》った声で告げる。

「――もっと」

芹沢は黙《だま》ってキスを繰《く》り返した。

違《ちが》う生き物のように蠢《うごめ》く熱い舌が、柔《やわ》らかな粘膜《ねんまく》を擦《こす》り刺激《しげき》する。舌を、唇を吸われ、ゾクゾクとした快感が生まれ、体の内に凝《こご》っていく。

そうやって交《か》わされる口づけに、体が疼《うず》かないはずがない。じりじりと熱くなっていく四肢《しし》が、もどかしさに震《ふる》えた。

「……ぁ、ん」

キスなんかじゃ足りない、離れていった濡れた唇を見つめながら、そう思う。

全身が微熱《びねつ》に覆《おお》われてるような感覚。俺は欲求を隠《かく》そうとはせず、素直《すなお》に行動へと移した。

「ごちそーさま。今日はお返ししてあげる」

「おい、冬弥…？」

俺は唇を舐《な》めて濡らしたあと、間の抜《ぬ》けた声を上げた芹沢を体を使って押し倒《たお》し、その両足の間に屈《かが》み込む。股間《こかん》にあるそれは、欲望の形に姿を変えていた。男は反応が露骨《ろこつ》でわかりやすい。

「何だ。芹沢さんもその気だったんじゃん」

「……何をする気だ」

俺の弾《はず》んだ声とは対照的に、芹沢の声は低く警戒《けいかい》を含んでいた。

「気持ちいいことに決まってるだろ？」

「やけにサービスがいいな」

「そんな口、きけなくしてあげるよ」

縛られたままの不自由な手を芹沢のウエストに掛けると、頭上で息を呑む気配がする。

俺は小さく笑うと、何とかベルトを外した。歯を使ってファスナーを下ろし、目的のものを取り出し……それにそっと口づける。

「ん……」

あまり動かすことのできない両手で芹沢自身の根元を支え、先端《せんたん》から舐め下ろしていく。すっかり勃《た》ち上がるまで丹念《たんねん》に舐め、上向きになったそれを口に含んだ。

「……っ」

ぴくりと反応したことを知った俺は、愛撫《あいぶ》に熱を入れる。

噎《む》せそうになるほど深く呑み込み、歯を立てないように気を付けながらざらりとした舌の表面や唇の裏で擦ってやると、先端の窪《くぼ》みに液体が滲《にじ》んできた。

「…ぁ……ん……」

硬《かた》くなった先端が上顎を擦ると、ぞくりと体が震える。施《ほどこ》している立場のはずなのに、しゃぶっているだけで俺の体まで昂《たかぶ》っていった。

「…っ、……顔を上げろ……」

髪《かみ》に差し込まれた指に力が籠《こも》る。耐《た》えるような声音《こわね》に、俺は口を離して顔を上げた。

「イキそうなんでしょ？　いいよ、出して」

そう云って、再びくわえ直す。

浮《う》かんできていた体液を啜《すす》り、強弱をつけて吸い上げてやると、芹沢の下肢《かし》が微《かす》かに強張《こわば》った。

「もう、放せ――――……っ……」

その瞬間《しゅんかん》、ドクンッと口の中で熱が弾《はじ》ける。

心臓のように脈打つ芹沢自身から注ぎ込まれる欲望の証《あかし》をこくりと飲み下したあと、体を起こした。

舌の上に広がる青臭《あおくさ》さに満足して微笑《ほほえ》む。

「昨日もしたからかな。味が薄い」

唇に付いた残滓《ざんし》を舌で舐め取り感想を告げると、芹沢は気まずげな顔でぐしゃぐしゃと自分の髪を掻き回しながら、苦々しく呟《つぶや》いた。

「お前な……。そういう顔して、そういうこと云うな」

「あれ？　まだ、俺に夢とか見てるわけ？」

実際、よくいるんだけど。顔だけ見て、俺の中身を決めつけるような人が。

どちらかと云うと、女の子のほうがそれは顕著《けんちょ》だったりする。

あ、そうか。多分、そのせいもあるから、男のほうが好きなのかも。

「そうじゃなくて……って、何をしてるんだ……？」

「自分ばっか気持ちよくなって終わりなんて、云わせないよ？」

俺は芹沢の上に有無《うむ》を云《い》わせず跨《また》がり、誘《さそ》い掛《か》けるような笑《え》みを向ける。

そんな俺に対し、芹沢は怪訝な顔で尋ねてきた。

「本当にどうしたんだ、今日は」

「どうしたんだろう？　わかんない、飢《う》えてるからかな」

「何だそれは」

頬《ほお》を撫《な》でる手に鼻先を擦《す》り寄せ、ぺろりと舐める。

芹沢は予想通り動きを止めたけれど、すぐに両手で頬を挟《はさ》み、俺がイタズラできないようにしてしまった。

「お腹空《なかす》いてるときのほうが、したくならない？」

「そうか？」

「俺はそうだよ。食べちゃいたいって思ってるのかも」

呆《あき》れたような顔つきをする芹沢の肩《かた》にことんと頭を置き、首筋にかぷりと噛《か》み付いた。

目の前の男を全部俺のものにしてしまいたい。爪先《つまさき》から髪の毛の先まで、一つ残らず。

――そんな欲求が込《こ》み上げてきた。

本当に、どうしちゃったんだろう？　ここに来てからの俺は、どこかヘンだ。

「まあ、いい。いくらでも好きに食え」

そう云って、芹沢は余裕の笑みを浮かべる。

「云われなくても…って云いたいところなんだけど、手がこれだと自分でするのは難しいんだよねぇ」

だから、して？——顔を上げ、思わせぶりな視線でそう訴《うった》える。

「どうなっても知らないぞ」

頬に添《そ》えられていた指が唇《くちびる》に触《ふ》れる。

舐めろ、と云いたいんだろう。開いたその中に、指が二本無遠慮《ぶえんりょ》に差し込まれた。

「……んっ……」

キスとは違った乱暴さで口の中を掻き混ぜられ、息苦しさに小さく呻《うめ》く。負けじと舌を絡めようとすれば指は逃《に》げ、その度《たび》に擦《こす》れる舌の表面や口腔の粘膜がチリチリと痺《しび》れた。

それと同時に、もう一方の手は下肢の間に忍《しの》び込んで双丘《そうきゅう》を左右に指で押し開き、乾《かわ》いた窄《つぼ》まりを探し当てていた。

閉《と》ざした入り口を引っ掻くようにして弄《いじ》られると、くすぐったさに似た感覚が込み上げてくる。

「…ぁっ、ん……」

「もう、いい」

芹沢は、たっぷりと唾液《だえき》の絡んだ指を口から引き抜き、露《あらわ》にしたその場所へと触れさせた。

くっと力を込められると、濡れた指先はすんなり内部へと埋《う》め込まれる。

「…っん、んん…っ」

「お前の中、熱いな」

その硬さを解《ほぐ》すように指先で入り口付近を押し拡《ひろ》げられる。

緩《ゆる》み始めた蕾《つぼみ》は指を奥へと誘《いざな》おうとするが、浅い部分での抜き差しばかり繰《く》り返され、物足りなさに体が不満を訴えた。

わがままなこの体はどこまでも貪欲《どんよく》だというのに――。

「あっ……そんなんじゃ、足りないよ……」

「焦《じ》らしてやってんだろ」

そう云って、くくっと薄《うす》く笑った芹沢は、俺の望み通りに体の奥を探《さぐ》り出す。

熱い内壁《ないへき》がまとわりつく中、二本の指はやや強引《ごういん》に深い場所へと侵入《しんにゅう》していった。

「…っ、あ、んぅ…っ…」

体の中でバラバラに動く指が、下腹部に溜《た》まる熱まで掻《か》き乱す。感じるポイントばかり責められて、床《ゆか》についている膝《ひざ》がガクガクと震え出した。

少しでも気を抜けば、腰《こし》が今にも砕《くだ》けてしまいそうだった。

「もぅ……いい…から…っ」

「まだキツいぞ？」

切れ切れに訴える俺の声に、冷静な返事が戻《もど》ってくる。

……その余裕《よゆう》が小憎《こにく》らしい。

「あんただって、狭《せま》いほうが好きなんだろ？」

「痛くても途中《とちゅう》でやめてやらないからな」

「やめられたほうが困るよ。……ん…」

芹沢は自らの股間《こかん》の昂りを丹念に解していたその場所へあてがった。

ぞく…と背筋を甘いものが走り抜《ぬ》け、俺は小さく息を吐《は》いたあと、ゆっくりと腰を落とし、芹沢の欲望を受け入れていった。

「あ……あ、…ぁ…っ……」

「無理するな」

「へい…き…、ぅ、ん…っ！」

ザァッと鳥肌《とりはだ》が立ち、喉《のど》から漏《も》れる声は上擦《うわず》っている。少し無理をしたせいで内部が引き攣《つ》るように痛いけれど、足りなかったものが満たされていくような充足感《じゅうそく》に包まれていった。

その場所は二つの鼓動《こどう》をトクトクと刻んでいる。痛みと熱が、繋《つな》がりあった実感を伝えてくれているのだ。

「…入った…」

「食い千切られそうだな」

芹沢の息も少し弾《はず》んでいる。根元まですっかり飲み込み深い息を吐くと、唇を啄《ついば》むような小てしまう。

さなキスをされた。その見掛けにはとうてい似合わない可愛《かわい》らしい仕草に、思わず笑いが漏れ
「やっぱり、無理してるだろう…」

無意識に表情を顰《しか》めさせていたらしい。

「いいんだよ。俺がしたかったんだから」

どうしてか、このところ妙《みょう》に優《やさ》しいんだよね。しつこいことには変わりがないけど。と云うか、初めの二回のエッチ以外、芹沢は乱暴なことはしてこない。

「じゃあ、俺もしたいようにさせてもらおう」

「あ…っ」

しゅるりとバスローブの紐《ひも》を解かれ、白い体が晒《さら》される。肩から落とされた白いタオル地は手首を縛《しば》られているせいで中途半端《ちゅうとはんぱ》なところで止まった。

剝《む》き出しになった体の形を確かめるように、芹沢の手が汗《あせ》ばんだ肌を撫でていく。

「ん、……っは…、ぁ…あ…っ」

硬《かた》く芯《しん》を持った中心を指先でなぞられ、体液の浮かぶ先端《せんたん》を弄られれば、どうしようもないほどにもどかしくなる。

「……本当に綺麗《きれい》な体だな」

こんなに汚《よご》してやってるのに、とても云いたそうな口ぶりだ。芹沢は消え掛かった自分の痕《こん》

跡《せき》の上を吸い上げ、新たな印を残した。

「…んっ、……それ、所有印のつもり…?」

「そうだと云ったら?」

「仕返ししてあげる」

かし、と耳たぶを噛んだあと、そのすぐ下の服を着ても見える場所に口づけ、思いきり強く吸い上げる。唇を離《はな》すと、首筋にくっきりとした紅《あか》いキスマークが残った。

「お前はどういうつもりなんだ?」

「ただの嫌《いや》がらせだよ」

楽しくなって、くすくすと笑ってしまう。

「その様子じゃ、もう動かしても平気だな」

もしかして、慣れるのを待っててくれたわけ?

本当に、初めのあの荒々《あらあら》しさは何だったんだか…。

「大丈夫《だいじょうぶ》だって云って――…っ、ぁんっ」

全《すべ》てを云い切る前に、腰をぐいっと持ち上げられた。ずるりと熱が抜け出ていく感覚に、指先までが痺れる。

何にも摑《つか》まることのできない不安定さは、体を大きく揺《ゆ》らし、官能を更《さら》に煽《あお》り立てた。

「やぁっ、あ…んんっ」

突《つ》き上げるリズムに合わせて、腰が揺らめく。中のキツさが起こる摩擦《まさつ》を酷《ひど》くして、より一層感じさせているようだった。

「はっ……ぁ…く…っ…」

時折されるキスは深かったり、啄むだけだったり。キスがこんなに感じるものだってことに気が付いたのは、つい最近のことだ。

最奥《さいおう》を幾度《いくど》となく突かれ、体が腰から崩《くず》れていってしまいそうになる。その度に沸《わ》き起こる目が眩《くら》むような悦楽《えつらく》に、俺は我を忘れていった。

「あ……っ、あ、あぁあ……っ！」

一際《ひときわ》激しく揺さぶられ、びくんっと体が跳《は》ねる。

追い上げられた欲望は抉《えぐ》るような突き上げに頂点に達してしまった。大きく震《ふる》えながら白濁《はくだく》を吐き出した体は、楔《くさび》を穿《うが》たれた内部を締《し》め付けて。

「……っ」

芹沢の小さな呻きと共に体の奥深くで、熱が爆《は》ぜるのを感じた。

溶《と》かされそうな熱さではなく、じわりとした暖かさが体中に染《し》み渡《わた》る。

……麻薬《まやく》にハマるって、こんな感じなんだろうか？

抱《だ》きしめる腕《うで》と降り注ぐキスに、俺はどっぷりと溺《おぼ》れさせられていた。

「……動けない」

俺は俯《うつぶ》せにぐったりと体を投げ出したまま、訴《うった》える。

体力を消費し過ぎたせいで、寝返《ねがえ》りを打つことさえ難しかった。

「当たり前だ」

視線だけ声のほうへ向けると、いつの間にかいなくなっていた芹沢が戻ってきていた。シャワーを浴びてきたばかりの姿で、仁王立《におうだ》ちになって俺を見下ろしている。

ズボンを穿《は》き、シャツを素肌《すはだ》に羽織っただけの姿でさえも見栄《みば》えがする。濡《ぬ》れてかき上げたようになっている髪《かみ》も色気があるというか。

男前で仕事ができて金もあって……さぞかし、女にはモテるに違《ちが》いない。

「腹減ってるくせに、あんなふうにがっつけば動けなくなるのも当然だ」

芹沢の云《い》う通り、自分でもあれは調子に乗り過ぎた気がする。

リビングで行為《こうい》に溺れたあと、寝室《しんしつ》に抱いて運ばせ、そこでも数度体を重ねて。結局、手首を縛っていたネクタイを解くことはできず、苛《いら》付《つ》いた芹沢が切り落としてしまった。

「お前はいつもこんななのか？」

「こんなって？」

「動けなくなるまでしないと気が済まないのかってことだよ」

俺が横たわるベッドの端《はし》に芹沢は腰を下ろす。気紛《きまぐ》れに俺の髪を弄《いじ》りながら問い掛《か》けてきた。

「んー、そんなことないけど」

そうなんだよね。普段《ふだん》は、一、二回すればだいたい満足する。

気持ちいいのは好きだけど、毎回毎回こんなにがっついたりはしない。

芹沢をハメるためにわざと、って部分はあるにしても、ちょっと今日はどうかしてる。

……あんな夢を見ちゃったせい？

まさか、ね。

「別に俺は構わんが、お前の体が保《も》たないんじゃないのか？」

「あんたの体力が保たないから控《ひか》えて欲しいって？」

「馬鹿《ばか》云え。体力がないのはお前だろうが。無茶なことをするなって云ってるんだ」

「心配してくれてるの？」

説教くさい言葉をまぜっかえそうと思ってからかったつもりだったのに、それに対する返答も真面目《まじめ》なもので、俺はちょっと面喰《めんく》らった。

「するに決まってるだろう。何を考えてるか知らないが、自分のことも考えろ」

「な、何云ってんの。考えてるよ、そんなの」

意外にも真摯《しんし》な言葉に狼狽《うろた》えてしまう。

人の好《い》いふりをして、唆《そそのか》そうっていうつもりなんだろうか？

「俺には投げやりになってるようにしか見えないがな」

「え…？」

「そんなんだから、俺みたいな悪い男に捕まるんだ。ほら、もうお喋《しゃべ》りはいいから体を起こせ。拭《ふ》いてやる」

何それ。悪い男って自覚あるわけ？

結局、本音を誤魔化《ごまか》されたような気がして釈然《しゃくぜん》としない。諭《さと》されるような口調も面白《おもしろ》くないし、俺は拗《す》ねてやることにした。

「無理、動けない」

頑張《がんば》れば何とかならないでもないけど、そんな気力が残ってるわけない。

「…ったく、寝返りを打つ体力くらい残しておけ」

「悪かったね。でも、あんたにだって責任の一端《いったん》はあるんじゃないの？」

仕掛《しか》けたのが俺だとしても、それに応《こた》えたのはあんたじゃないか。

「だから、体でも拭いてやろうって云ってるんだろうが」

「……偉《えら》そうだなあ。拭かせていただきますとか云ったら？」

「どっちがだ。動かないんなら勝手にするぞ」

「お好きにどうぞ」

こんだけセックスしてれば、今さらどこを見られたって恥《は》ずかしくない。

……はずなのに、触《ふ》れられた瞬間《しゅんかん》、ビクッと体が震えてしまった。

「何びびってるんだ？」

俺の反応に芹沢は可笑《おか》しそうに目を細めている。

「…くすぐったかったんだよ。やっぱり起きるから手伝って」

「はいはい。かしこまりました」

ベッドの上で体を返され、壊《こわ》れ物を扱《あつか》うかのように抱き起こされた。芹沢の裸《はだか》の胸にもたれ掛かるような格好になり、心臓がまた少しだけ速くなる。

――何なんだ、一体。

狼狽える要因なんて一つもないはずなのに。

芹沢はサイドボードに置かれていた濡れタオルを手に取り、俺の体を拭き始めた。

上昇《じょうしょう》する体温に気付かれてしまったら、さっきの名残《なごり》だと云うしかない。けれど、芹沢は俺の変化には勘付《かんづ》かず、全く関係のないことを口にした。

「お前は身長の割に軽くないか？　ちょっと太れ」

「そうかな？　あんたはもっと肉付きいいほうが好みなわけ？」

俺は密《ひそ》かにほっと胸を撫《な》で下ろしながら、何食わぬ顔で切り返す。

別に凄《すご》く骨が浮《う》いてるわけでもないし、適度に運動もしてるからガリガリってわけじゃないけど、芹沢なんかに比べたら貧弱としか云い様がない。

多分、体質的に肉が付きにくいんだと思う。

「好みだと云えば、そうするのか？」

「……さあね。気が向いたら太ってあげてもいいけど」

「今のままでも抱き心地《ごこち》は悪くないがな」

と云いつつ、腰《こし》のラインに指先を滑《すべ》らせてくる。

ちょっと……何なんだよ、この手は……。

体を拭く事務的な手付きとは反対に、直接触れてくる指先は思わせぶりでエロくさい。

腰骨の上に付いた跡《あと》を辿《たど》っていくのを視線で追うと、印を付けられたときのことを思い出してしまう。肌《はだ》に押し当てられる唇《くちびる》の感触《かんしょく》を思い出した俺の首筋に、同じ熱さが触れてきた。

「……っ。……結局、どっちなんだよ」

「好みで云うなら、どちらでも構わない。お前はお前だからな」

「何云って……」

何か、流れる空気が甘ったるいんですが……。

俺たち二人には不必要な雰囲気《ふんいき》ができあがっている。言葉を継《つ》いでいいかわからずに黙《だま》り込んでしまった。

これって、計画通りって云えるんだろうか…？

惚《ほ》れさせて振《ふ》り回して…って思惑《おもわく》から、微妙《びみょう》にズレてる気がする。今日のは作戦でも何でもなかったんだけど。

わがままを云っても、あんまり動じてくれないし、困っているようなところも見受けられない。

これって、どうなんだ？

むしろ、楽しまれてるような気がしてならないというか。

丹念《たんねん》に拭き清められていく体を見ながら、不思議な気分に陥《おちい》った。

甲斐甲斐《かいがい》しく世話を焼かれている自分の姿は、やっぱりペットの扱いとさして変わりがない。

「これが終わったら、次はメシか？」

「……え？」

ぼうっと思案にくれていた俺は、いきなりの言葉に反応し損《そこ》ねた。

「忘れたのか？　お前が中華《ちゅうか》がいいって云ったんだろうが」

「あ、そうか。ホントに買ってきてくれたんだ」

忘れてた。何気なく云っただけ…というか、困らせようと思って口にしたんだけど。

「自分で云っておいて忘れるなっての。全く、お前は手の掛かる。ユキのほうがよっぽど聞き分けがいいな」

笑いを含《ふく》んだ芹沢の言葉に、何故《なぜ》か胸の辺りがもやもやとした。

「…あんただからわがまま云ってるんだよ」

甘えるような台詞《せりふ》を口にして、そのわだかまりを払拭《ふっしょく》しようとする。

駆《か》け引きをしているのだと、自分に思い出させるように。

「そういうことにしておくか」

返ってきた柔《やわ》らかなハスキートーンは優《やさ》しいのに、俺の心は不安のようなものに苛《さいな》まれる。

その感情の理由がわからないまま、芹沢の顔が近付いてくるのに合わせて目を閉じた。

情欲が一切《いっさい》感じられないキスに、俺の中の不安は一層強くなっていった。

6

「縛《しば》らないの？」

出掛《でか》ける芹沢を玄関《げんかん》まで見送りに来ていた俺は、ふと気になったことを訊《き》いてみた。

今の俺は胸にユキを抱《だ》き、芹沢が買ってきた服を着て、しかも腕《うで》は拘束《こうそく》もされていない。

軟禁《なんきん》にしたって、甘過ぎやしないか？

「……縛って欲しいのか？」

芹沢が呆《あき》れた口調で、訊き返してくる。

これだけ聞いたら、まるで俺にそういう趣味《しゅみ》があるんだと誤解されてしまいそうな会話だ。

もちろん、お互《たが》いにそんな嗜好《しこう》はないに決まってる。ただ、あまりの無防備さにこっちのほうが心配になってしまうだけで。

「だって、逃《に》げられたら困るんじゃないの？」

「お前は自分の意志でここにいるんだろう。だから、そんな心配はする必要ないんじゃないのか？」

「…まあ、そうだけど。でも、それだって俺が嘘吐《うそつ》いてたらどうするんだよ」

「そんな奴《やつ》じゃないだろう？」

「……っ」

さらりと云《い》われた言葉に、俺は狼狽《うろた》えてしまった。

そんな簡単に、俺のこと信じちゃっていいわけ？

……そう訊いてみたかったけれど、唇は何故か思うようには動かなくて。

「それに、この間みたいなことになるのも考えものだからな」

「悪かったね」

どうやら、芹沢は数日前のことを云っているらしい。

お腹《なか》が空《す》いたからと床《ゆか》に寝《ね》っ転《ころ》がっていたのに、ほんの出来心のせいで性欲に火がつき、ついつい帰ってきたばかりの芹沢を押し倒《たお》してしまった。

動揺《どうよう》する芹沢を見て調子に乗った俺は、やや激しめの行為《こうい》をいたしてしまい、事後にはエネルギー切れで動けなくなったのだ。

芹沢はその後の世話を甲斐甲斐しく焼いてくれたけれど、わがまま放題の俺の面倒《めんどう》を見ることにはだいぶ懲《こ》りたらしく、それ以来何かにつけ引き合いに出してくる。

文句を云いながらも楽しそうだったくせに、と思ったけど、口に出しては云わない。

だって、ここは甘えるところだし。

「でも、また動けなくなったら芹沢さんが色々してくれるんでしょ？」

「端《はな》からあてにするな。――とにかく。腹が減ったら、店屋物でもいいから何か食え。今日は少し遅《おそ》くなるから、夕飯は買ってくる。リクエストは？」

「うーん……和食系かな」

「わかった。いい子にして待ってろよ」

芹沢は俺の胸に抱かれたユキの喉《のど》を撫でる。ついでのように、俺の頭までぽんぽんと軽く叩《たた》いた。

何？　俺までペット扱いなわけ？

「どっちに云ってるの？」

「そりゃ、両方だろう」

それでも何故か嫌《いや》な気分はせず、機嫌《きげん》よく答えてみた。

「いい子にしてるから、早く帰ってきてね」

「努力しよう」

どうせ反抗《はんこう》すると決めつけていた俺が、素直《すなお》な言葉を返したことに驚《おどろ》いたんだろう。にこやかに告げると、芹沢は鉄面皮の裏で少しだけ照れているのがわかった。悪戯《いたずら》心が芽生え、

「いってらっしゃい」

なんて云いながら、頰《ほお》にキスとかしてみたり。

俺は呆気《あっけ》に取られて絶句している芹沢に向かって、ユキの手を持って振りながら見送る。

「するなら、もっとちゃんとやれ」

「…んっ⁉」

頭の後ろを引き寄せられて、噛《か》み付くようなキスをされた。

開かれたままの瞳《ひとみ》が剣呑《けんのん》な色味を帯びている。荒々《あらあら》しい口づけのあと、何の余韻《よいん》もなく唇は離《はな》れていく。

ぷはっと足りなくなった酸素を吸い込みつつ、睨《にら》み付ける。

「……苦しい」

「いってくる」

俺の苦情はスルーされ、芹沢は機嫌よく出掛けていった。

困らせてやろうと思ったのに、逆に喜ばせてしまったみたいだ……。

「……よくわかんない奴」

ため息混じりの感想に、ユキは『にゃあ』と相槌《あいづち》を打ってくれた。


何もしないでいるのも手持ち無沙汰《ぶさた》だったので、本でも読んでることにした俺が、今まで興味がなく立ち入ろうとしなかった書斎《しょさい》に足を踏《ふ》み入れると、そこは本の山、山、山だった。

壁《かべ》一面が本棚《ほんだな》で、床やマホガニー製の机の上にも崩《くず》れそうなほどに本や書類が積み上がっている。

「こんなところで、仕事なんかできるのか？」

もしかして、リビングで仕事をしていたのは、ここにいられなくなったからじゃなかろうか。

気を取り直して比較《ひかく》的整理されている本棚から本を選ぼうと思った俺は、ふと机の上の一角だけが綺麗《きれい》に整理されていることに気が付いた。

「？」

この書斎の中では異空間のようなそこに置かれたフォトフレームを手に取ってみると、この間、塚崎の書類の間に挟《はさ》まっていた写真が入れられている。

芹沢と塚崎夫人の二人きりの写真。写っている場所は、どこかの家の庭のようだ。それによくよく見てみると、写真の下に文字が入っている。

「『平成××年、誕生日にて』……？」

二人は誕生日を一緒《いっしょ》に過ごすような仲なのか？

こんな写真を机に飾《かざ》っていれば、邪推《じゃすい》せざるを得ない。俺の想像が正しければ、旦那《だんな》のいる相手と関係していることになる。

「…あいつだって、人のこと云えないな」

呟《つぶや》いて小さく笑ってみたけど、上手《うま》くいかなかった。不思議な不快感がじわじわと込《こ》み上げてくる。

……どうして、こんなに嫌な気持ちになるんだろう？

喉の奥が渇《かわ》いたようになり、胸には何か詰《つ》まっているようなぎこちなさが拭《ぬぐ》えない。

「——!!」

呆然《ぼうぜん》と立ち尽《つ》くしていた俺を我に返したのは、玄関のチャイムの音だった。

軽《かろ》やかな電子音が、俺を現実へと引き戻《もど》す。

「新聞の集金とか云わないだろうな」

気持ちを切り替《か》えてインターホンのモニターを見ると、玄関の前に女の人の姿が見えた。

あれ？　このマンション、確かオートロックだったはずじゃ……。

暗証番号を知らなければ、マンションのエントランスにすら入れない仕組みになってるというのに。

「知り合い…なのかな？」

監禁《かんきん》されてる立場の俺が出迎《でむか》えるってのも可笑《おか》しな話だし、家主が留守なのに知らない男が出てきたら問題アリだろう。

居留守を決め込むしかないなと思っていた俺は、もう一度モニターを見て気が付いた。

この人……塚崎の奥さんだ……。

荒《あら》い画像ではっきりしないけれど、今の今まで写真で見ていた相手くらい見間違《みまちが》えはしない。

「…やっぱり…」

弁護士と依頼人《いらいにん》という関係だけだったとしたら、家を訪ねてくるなんて普通《ふつう》あり得ない。ましてマンションの暗証番号を教えてあるなんて、よっぽど信頼《しんらい》しているって証拠《しょうこ》だってことで…。

「…………」

……探《さぐ》りを入れてみるか。

きっと、芹沢のことだから俺のことは伝えてないはずだ。

仮に相手も俺のことを知ってたとしても、あいつがどう思われようと関係ないし。

芹沢がいないことを知って引き返されるわけにはいかない。俺はインターホンのスピーカーで返答することはせず、直接玄関《げんかん》に出迎えに行くことにした。

「こんにちは」

施錠《せじょう》を解き、外開きのドアをゆっくりと開け、他所《よそ》行《ゆ》きの柔《やわ》らかな笑顔《えがお》を向ける。

「こんにちは……あら？　ごめんなさい、お宅を間違えちゃったかしら？」

そこに立っていた人物は写真で見るよりも、美人で品のいい女性だった。俺が出てきたことに驚き、目をぱちぱちと瞬《また》かせている。

「いいえ、あってますよ。俺、芹沢さんから留守を預かってるだけなんです」

「あら、そうだったの。私、そそっかしいから、また間違えちゃったかと思ったわ。こんな綺麗な男の子が出て来るなんて思ってもみなかったんですもの」

男の子って……。

そりゃ、一回り以上も上の女の人から見たら俺もまだ男の子なのかもしれないけど、と苦笑《くしょう》する。

「もしかして、新しい事務所に入る方かしら？」

新しい事務所というのは、芹沢が独立して興《おこ》すという今準備しているあれのことだろう。

俺は頷《うなず》きながら、しゃあしゃあと嘘《うそ》を吐《つ》いた。

「はい。そちらで使ってもらうことになってるんです」

「まだ事務所の場所も決まってないのに、気が早いわねえ。でも、貴方《あなた》みたいな子を見つけたら、捕《つか》まえておきたいって思っちゃったのかしら？」

微妙《びみょう》に確信をつく無邪気《むじゃき》な言葉に、内心ギクリとする。

まさか、俺の立場を見透《みす》かしてってことはないだろうけど。

「こんなところじゃ何ですから、どうぞ上がって下さい。俺が云《い》うのも変な話なんですけど」

「気を遣《つか》わせちゃってごめんなさいね。一志は仕事なの？」

「……一志？　あ…ああ、芹沢さんのことですね」

名前を云われて、一瞬誰《いっしゅんだれ》のことかわからなかった。

言葉の端々《はしばし》から伝わる親しげな様子が、何故《なぜ》か煩《わずら》わしい。

「一志がいないのなら、今日は遠慮《えんりょ》しておくわ。貴方も知らない相手と一緒にいるのは、気を遣って疲《つか》れるでしょ？」

「そんなこと…」

「いいのいいの。それじゃあ、あの子によろしく伝えておいて下さる？　また日を改めてお邪《じゃ》魔《ま》しますって」

「わかりました。伝えておきます」

「そのとき、またゆっくりお話ししましょうね」

「あ、あの…っ」

本当にそそっかしい性格らしく、彼女は自分の名前も告げず、俺の名前も訊《き》かずに去っていった。

ぱたん、と静かに閉まる扉《とびら》の音が室内に虚《むな》しく響《ひび》く。嵐《あらし》のような出来事だった。

何というか、彼女の屈託《くったく》のなさに毒気を抜《ぬ》かれた気分だ。

美人で清楚《せいそ》で無邪気で、年上なのにどこか抜けていて——きっと、芹沢はそんなところに惹《ひ》かれたんだろう。

俺とは正反対のタイプだよな…。

そっと見守っていてやりたくなるような。

「……そっか……」

片想《かたおも》いなのかもしれないな……。

一方的な想いだからこそ、人知れず尽くそうとしてるんだ。そうじゃなかったら、あいつがこんな実にならない面倒《めんどう》な仕事を引き受けるなんて思えない。

塚崎を取り戻したいと願う彼女の願いを叶《かな》えるために、奔走《ほんそう》してるんだろう。

あんな男との仲を取り持つために。

「バカな奴《やつ》」

俺は立ち尽くしたまま、ぽつりと呟く。

塚崎と別れさせれば、自分にもチャンスが巡《めぐ》ってくるというのに、どうして……？

あいつがどんな男なのかさっさと告げて、あの人を自分のものにしてしまえばいいのに。

真実を知ったことで傷付いたのなら、慰《なぐさ》めてやることだってできるのに。

「……馬鹿《ばか》みたいだ……」

好きな人が傷付く姿なんて誰《だれ》だって見たくはないけれど、指をくわえて遠くから眺《なが》めているだけよりはずっといいはずなのに。

それとも、相手の気持ちを慮《おもんぱか》るほど、大事にしているということなんだろうか？

そんなに彼女の事を好きなのか……。

そのために俺を塚崎から引き離《はな》し、別れさせようと躍起《やっき》になっていたのか。

奈津生さんの店での出逢《であ》いも、初めから仕組まれたものだったとしたら？

俺が芹沢を落としてやろうと思っていたように、芹沢も同じように俺を手懐《てなず》けようとしてたとしたら——？

「そういうことか」

やっぱり、狐《きつね》と狸《たぬき》の化かし合いだったんだ。

こんなことをする理由の中に少しは俺のためもあるんじゃないかって、思ったりもしたけれど自惚《うぬぼ》れでしかなかったんだ。

恋愛《れんあい》は好きになったほうが負けなのに。

「……好き…？」

言葉を音にした途端《とたん》、カッと頭の芯《しん》が熱くなる。

何だ……。

もう、勝負はついてたんだ。

口にしてみて、わかってしまった——。

どうしても認めたくなくて自分に云い訳をしていただけで。

仕返しのためだと思い込んでいたけれど、本当はそんなことのためなんかじゃなくて。

俺は……初めから芹沢に惹かれていたんだ……。

拾われ損ねたあの夜に、恋《こい》に落ちてしまっていたんだろう。

「…どうしよう…」

気持ちを素直《すなお》に認めた途端、絶望的な気持ちになる。

全《すべ》てが終わってしまえば、俺は用済みになってしまう。このままごとのような生活も終わるんだ。

たとえ、芹沢の中に俺に対しての『情』があったとしても、それは恋愛のそれじゃない。

捨てられていた仔猫《こねこ》に向けられたような『同情』でしかなくて。

それでもいい――――なんて云えるほど、俺は子供でもなければ、大人でもない。

「みゃあ」

「ユキ…なぐさめてくれてるの？」

足元に擦《す》り寄るユキを屈《かが》んで抱《だ》き上げた。

小さな暖かな存在が、強張《こわば》る気持ちを和《やわ》らげてくれる。

でも――――。

「もう、ここにいられなくなっちゃった」

「にゃ？」

切なさを堪《こら》えて明るく呟《つぶや》くと、ユキは不思議そうに小首を傾《かし》げる。

大きな瞳《ひとみ》でまっすぐに見つめられると、ますます胸が締《し》め付けられた。

「お前は大事にしてもらえよ？」

二度目の別れの言葉は、重く胸にのし掛かってくる。

心の中にぽっかりと開いた穴は、どこまでも深く、底は見えそうにない……。

「スコッチのロック」

あの夜、芹沢が頼《たの》んでいたメニューを繰《く》り返す。

決して好きな味じゃないのに、今日はそれ以外飲もうという気がしなかった。

これで何杯目《なんばいめ》だっけ？

ざるだとよく云われる俺も、さすがに意識が薄《うす》ぼんやりとしてきた。だけど、いっそ酩酊《めいてい》してしまえたらいいのに、どこかにまだ理性が残ってる。

酒に強いのも善《よ》し悪《あ》しだよなあ…。

――あのあと、ユキにミルクをあげた俺は、芹沢のマンションをあとにした。

目につく場所に掛《か》けられていたダウンジャケットは羽織ってきたけれど、カバンを探し出すことまでは頭が回らなかった。

それだけ、この俺が動揺《どうよう》していたということか……。

どうせ、必要がないものなら勝手に処分するだろう。

ジャケットのポケットに財布《さいふ》と携帯《けいたい》が入っていたことだけは幸いだった。カバンに入っていた教科書やノートは新しく買い揃《そろ》えればいい。

俺は小さく笑いながら手の中のグラスを持ち上げかけて、空になっていることを思い出した。

「冬弥さん……。本当に今日はどうしたんですか？　自棄酒《やけざけ》なんてらしくないですよ」

「俺だって、たまには飲みたくなる日があるんだよ。いいから、おかわりちょうだい」

諫《いさ》めてくる奈津生さんの忠告を流し、催促《さいそく》する。

「普段《ふだん》、スコッチなんて飲まないじゃないですか」

「今日はそういう気分なんだってば」

「…もう、仕方のない人ですね」

奈津生さんはため息混じりに、新しいグラスを出してくれた。

けれど、出された琥珀色《こはくいろ》の液体を一気に呷《あお》った俺は予想していた味の違《ちが》いに、げほげほと派《は》手《で》に噎《む》せ返る。

「……これ何？」

噎せたせいで涙目《なみだめ》になりながら問うと、

「ウーロン茶です」

奈津生さんはしゃあしゃあとそう答えた。

「俺、スコッチのロックって云《い》ったよね？」

「もう、ダメです」

上目遣《うわめづか》いで恨《うら》めしげに睨《にら》みながら文句を云うと、にっこりと笑って返される。

「奈津生さんのケチ」

「何とでも云って下さい。それ以上は飲ませられません」

奈津生さんは断固として譲《ゆず》らない。こうなってしまえば、梃子《てこ》でも意見を譲らないってことを知っている。相手が客だろうと雇《やと》い主であろうと、それは変わらないのだ。

「じゃあ、いい。場所替《か》えるから」

「冬弥さん！」

心配してくれる気持ちはありがたい。

……だけど、今晩くらい何もかも忘れてしまいたかった。

このままじゃ、まともに眠《ねむ》ることさえできないだろうから。

店の奥のカウンターで、ケイタイを手にカクテルを飲んでいた年の近いフリーターふうの男に目をつけた俺は、そっと近付いていく。

よく友人らしき相手と連れ立って来ているが、今日は一人のようだ。何度かこの店で見掛けたこともあるから、俺のことは知ってるだろう。

そう決めてかかり、馴《な》れ馴れしく話し掛ける。

「ねえ、今日は待ち合わせ？」

「……へ？　あ、俺？」

自分に話し掛けられたと思わなかったらしく、返事が戻《もど》ってくるまでに間があった。

「うん。暇《ひま》なら遊んでくれないかなぁと思って」

「マジで云ってんの、それ」

信じられない、といった様子でぱちぱちと瞬《まば》きを繰り返す。

小首を傾げて誘《さそ》い掛けると、男は簡単に狼狽《うろた》えてくれた。見た目に寄らず、初心《うぶ》な反応に拍《ひょう》子抜《しぬ》けしたけれど、同年代なんて普通《ふつう》こんなもんかと納得《なっとく》する。

「フラれちゃったから、慰《なぐさ》めて欲しくて」

「えっ？　あんたが？　慰めって……そんなの、俺でいいんなら――」

上擦《うわず》った声に被《かぶ》るように、カランカランと店のドアが開く音がした。同時に冷たい風が吹《ふ》き込んでくる。

「いらっしゃいませ」

何気なく奈津生さんの声につられて振《ふ》り返った俺は、思わず息を呑んだ。

「――!!」

バチリとぶつかった視線。

視界に飛び込んできたその姿に、胸が震《ふる》えた。

「……ここにいたのか」

「…芹沢…さん…」

どうして、ここに。

違《たが》わず俺を見つけた芹沢は、迷いのない足取りで近付いてきた。

せめて目を逸《そ》らしたくても、ザアッと全身から血の気が引いていくような感覚に体の全てが動いてくれなくて。

まさか、連れ戻しに来るなんて思わなかった。もう、顔を合わせるつもりだってなかったのに。

そこまでして監視下《かんしか》に置いておかなくちゃいけないほど、俺の存在が邪魔《じゃま》なのか…?

芹沢は財布から万札を数枚抜《ぬ》くと、それを静かにカウンターに置いた。

「勘定《かんじょう》、これで足りるか?」

「え…?」

「足りないなら、またあとで来る」

「は、はい」

いつも冷静な奈津生さんが呆気《あっけ》に取られる程《ほど》、芹沢の登場は唐突《とうとつ》な出来事だった。

慌《あわ》てて返事をしていたものの、声が上擦ってしまっている。

「とりあえず、こいつを連れ帰らないといけないんでな。ほら、行くぞ」

まるで、迷子《まいご》の仔猫《こねこ》に語り掛けるような口調で諭《さと》すように云われ、狼狽えた。

一体、どういうつもりで…っ。

「……っ!」

腕《うで》を摑《つか》む握力《あくりょく》の強さにびっくりする。

触《ふ》れた指先から、芹沢の怒《いか》りが伝わってきた。一見、穏《おだ》やかな物腰《ものごし》はその激しさ故《ゆえ》だろう。

芹沢は俺の腕をがっしりと摑んだまま、ずんずんと店の入り口へと向かっていく。

「放し…っ、ちょ、やめろって！　俺はこれから彼と飲みに――」

「いいから、来い」

「触《さわ》るなよ！」

みっともなさなんか考えもせずに、手を振り解《ほど》こうと抵抗《ていこう》する。

そんな必死さも虚《むな》しく、簡単に外へと連れ出された俺は、人通りのない路地に押し込められた。

「いい加減にしろ！」

ガシャン！　と、もがく体を行き止まりのフェンスに乱暴に押し付けられ、背中が痛みを訴《うった》える。

それよりも、胸の真ん中がキリキリと締《し》め付けられるように苦しい。

だから、嫌《いや》なんだ。誰《だれ》かを好きになるなんてこと、したくなんかなかったのに。

「……何、するんだよ」

「何故《なぜ》、出て行った…？」

瞳《ひとみ》の奥に怒りの炎《ほのお》が燻《くすぶ》っている。

芹沢は自分の思い通りにならない俺に対して怒《おこ》ってるんだろう。

手懐《てなず》けたはずの手駒《てごま》が、突如反抗《とつじょはんこう》したのだ。きっと、驚《おどろ》いたに違いない。

「あんな無防備な状態にしておいて、出て行かないなんて思ってたわけ？　自分の不手際《ふてぎわ》を棚《たな》に上げて、人にあたらないで欲しいんだけど」

「待っていると約束しただろう」

「そんな約束、鵜呑《うの》みにするほうが悪いね」

「信じてもいい奴《やつ》だと思ったのが間違《まちが》いだったってことか。俺も焼きが回ったな…」

「……ッ」

吐《は》き捨てるように云《い》われた台詞《せりふ》が、ざっくりと俺の心を傷つける。

もう関《かか》わり合いにならないと決めたのに、幻滅《げんめつ》されたという事実は重く胸にのしかかってきた。

「とにかく、家に帰るぞ。云い訳はあとで聞いてやる」

「——嫌だ…っ」

「冬弥。わがままを云うんじゃない」

まるで、飼い主がペットを窘《たしな》めるような口調に心が揺《ゆ》らぐ。あの家が、帰るべき場所なのだと錯覚《さっかく》させないで欲しい。

……全《すべ》てに気付かないふりをして、側《そば》にいたっていいじゃないか。

騙《だま》されたふりをしていればいいのに——そう、もう一人の俺が囁《ささや》いてくる。

だけど、どうやったって自分の気持ちまでは惑《まど》わせない。気付いてしまった真実は、なかったことにはできないから。

「もう、あんたとはいられない」

「どうしてだ」

「…………」

「俺の顔を見て、理由を云ってみろ」

自分の本当の気持ちにに気付いてしまったからだなんて、云えるわけがない。

その代わりに、いつも口にしてきた別れ文句を告げた。上辺だけの言葉は無感情に虚しく響《ひび》く。

「……あんたに…飽《あ》きたからだよ……」

「嘘《うそ》をついてる顔だ。俺の顔を見て、本当のことを云ってみろ」

お願いだから騙されてよ。

これ以上、みっともないところなんて見られたくない。

「……本当だよ。あんたより、先生のほうがいいって思っ——ん…っ」

俯《うつむ》いたまま呟《つぶや》いた瞬間《しゅんかん》、頭を両手で押さえ付けられ、顔を上向かされていた。

視界が陰《かげ》り、呼吸を塞《ふさ》がれる。

「……ん……ぅ……」

キスをされているということに気付いたのは、しばらく経《た》ってからだ。触れた唇《くちびる》は熱く、北風に奪《うば》われた体温を取り戻していく。

腕の中に抱《だ》き込まれるだけで、体が熱くなっていって、何もかも忘れてしがみついてしまいたい衝動《しょうどう》に駆《か》られた。

ダメだ……俺はこの人が好きだ――。

気持ちを自覚しただけで、感情の奔流《ほんりゅう》が止められない。気を抜くと行為《こうい》に没頭《ぼっとう》させられてしまいそうになったけれど、ズキリと痛む胸がそれを引き止める。

「……っ！」

入り込んでいた舌に嚙《か》み付き、半身を切り離すような苦しさを伴《ともな》いながら芹沢を突《つ》き離した。ちらりと見た芹沢の顔には、唇の端《はし》にうっすらと血が滲《にじ》んでいる。その表情は、どこか悲しげで傷付いているようにも見えた。

「そんなにあの男のことが好きなのか？」

「好き？　俺は誰も好きになんかならないんだよ」

そのはずだった。

……そう、誓《ちか》ったはずだったのに。

「だったら!!」

「もう、いいだろ？　あんたの仕事の邪魔をするつもりはないから安心してよ、今までのことは誰にも云わないから。俺のことは、離婚《りこん》の材料にでも何でも使ってくれていいし」

「冬弥！」

名前を呼ばれる度《たび》に、泣きたくなる。嘘を吐くことがこんなに苦しいなんて知らなかった。

真実を云わないのは、最後のプライドだから。俺は唇を引き結び、顔を上げ、艶然《えんぜん》とした笑《え》みを浮《う》かべて云った。

「先生が離婚してくれるなら、もっと気軽に遊べるしね」

「本気でそんなことを云ってるのか!?」

どう云っても食い下がってくる芹沢に、俺は業《ごう》を煮《に》やし一喝《いっかつ》した。

「もう、閉じ込められるのは嫌なんだよ！」

「――――!!」

「…もう…嫌なんだ……」

一人で置いていかれるのは…もう…。

過去の記憶《きおく》と掏《す》り替《か》えて、抱《かか》えていた思いを訴えると芹沢は押し黙《だま》った。本心からの吐露《とろ》に、云い返す言葉が見つからなかったんだろう。今の言葉に嘘はなかったから。

そう思ったことは過去にあったけれど、芹沢を待つことが嫌だったわけじゃない。それどころか、できることならあの時間が続いて欲しいとすら思ってた。

ずっと、一緒《いっしょ》にいられればどんなにいいだろうか？

夢にすら見ることは叶《かな》わないだろうけど。

「だから、もうあそこにはいたくない」

「……冬弥……」

体ならあんなに重ねたのに、今はただ遠い。

伸《の》ばされた指先からするりと逃《のが》れ、芹沢に背中を向けて歩き出す。

「じゃあね、バイバイ」

これでよかったんだ。

体に吹《ふ》き付ける冬の風は冷たくて。

いっそ、切り刻まれていなくなってしまえればいいのにと、思わずにはいられなかった。


「……ただいま」

返事なんか返ってくるはずもない部屋で、形式的な言葉を口にする。

他《ほか》に行くところもなくなった俺は、約一週間ぶりに自分の部屋へと帰宅した。

何もかも置いてきてしまっていたから、鍵《かぎ》すら手許《てもと》になく、やむなくマンションの管理人を頼《たよ》って部屋を開けてもらい、懐《なつ》かしい気分さえしてくる自室に足を踏《ふ》み入れ、ぱちりと明かりをつける。

この部屋はこんなにも寒々しかっただろうか？

煩《わずら》わしさを避《さ》け、ずっと一人を好んできたはずなのに、誰もいないことに孤独《こどく》を感じるようになるなんて。

高校生の頃《ころ》から住むこのマンションは、学生の独り住まいには広すぎる。友人を招き入れたこともなく、唯一《ゆいいつ》の例外で足を踏み入れさせたことがあるのは、一時付き合っていた年下で強《ごう》引《いん》な後輩《こうはい》だけだった。

誰も入れることのなかった領域の中に来ることを許したのは、自分と似たタイプだったからだ。表向きはそつがなく要領がいいように見えるけれども、本当は淋《さび》しがりやで不器用で……。

別れてしまったのは、その淋しさをお互《たが》いじゃ埋《う》められないことに気が付いたから。あのまま一緒にいたら、二人とも駄目《だめ》になってしまっていただろう。

あいつはもう、本当の相手を見つけたけれど、

「…重症だなあ…」

自嘲《じちょう》気味に呟いて、どさりとベッドに倒《たお》れ込む。

目の端に留守電のランプが点灯しているのが映り、思わず手を伸ばしてしまった。

……もしかして。

そんな思いが脳裏《のうり》を過《よぎ》る。

自分から振《ふ》り払《はら》ってきたくせに、心のどこかでまだ何か期待をしているのだろうか？

ピー、という音のあとに無機質な声が静かに響く。

「『メッセージは十件です――……冬弥？　ケイタイにも出ないし、家にもいないし、どこに行ったんだ？　また、連絡《れんらく》する』」

じっと録音されたメッセージに耳を傾《かたむ》けていたが、案の定テープに残されていたのは全て塚崎の声だった。

回を重ねるごとに苛立《いらだ》った様子が増しているが、同じような台詞《せりふ》の繰《く》り返しに、ますます気持ちが重く沈《しず》んでいく。

「これが現実、か……」

どうしたんだよ、俺は。

遠い昔に、全てを諦《あきら》めたはずじゃないか。裏切られるなら、期待なんてしないほうがいい。

望みなんか初めからなければ、傷付くことも、絶望することもないんだから。

そんなこと、もう知ってるだろう？　うちひしがれるだけ、時間の無駄《むだ》だ。

心なんて、ないほうがいいんだ。

7

時間割りを確認《かくにん》していた俺は、ちっと小さく舌打ちをした。

すっかり忘れていたけれど、次の授業の講師は塚崎だ。

今となっては、どうしてこの授業を選んでしまったのかと悔《く》やむしかない。だけど、顔を見たくないからという理由で単位を落とすのも馬鹿《ばか》らしい。

一週間以上、ほとんどの授業に出れていなかった俺はここ数日、その遅《おく》れを取り戻《もど》すために一心に勉強に打ち込んでいた。

欠席の理由のほうは、芹沢が家族と偽《いつわ》り『家庭の不幸』と大学側に報告してあったらしく、何日かはそれで凌《しの》げているようなのだが、実際の勉強の遅れは自分の努力で補うしかない。

……余計なことを考えたくなかったっていうのもあるけれど。

あれから、芹沢からのアプローチは何もなかった。

もしかして、また連れ戻しに来るかもしれないと少しだけ危惧《きぐ》していたけれど、それは杞憂《きゆう》に終わったらしい。

ほっとする反面、心なしかガッカリしている自分もいて。割り切ろうとしてるのに、できない自分に苛立ちを覚える。

「……仕方ない」

これ以上、授業を休むわけにはいかないし、塚崎だって他の生徒の前で下手なことは云《い》わないだろう――そう判断した俺は、次の授業が行われる教室へと足を急がせた。

できるだけ目立たないようにと、階段教室の窓際《まどぎわ》の辺りに座ったが、教室に入ってきた塚崎はすぐに俺を見つけてしまったようだった。

目を合わせないようにしていたが、授業が始まったあともチラチラと思わせぶりな視線を向けられるのを感じる。

……失敗したな。

こんなことなら、出入り口の側《そば》に座るんだった。

今いる場所では、授業が終わったあと、塚崎に見咎《みとが》められる前に出ていくのは難しい。

こうなったら、諦めるしかないだろうか。どうせ、いつか話をつけなくちゃいけないんだから、早いに越《こ》したことはない。

最後の最後まで塚崎の視線を無視し、講義終了後《しゅうりょうご》、机の上のものを手早く片付けていると覚えのある顔が話し掛《か》けてきた。

「篠原くん。ずっと休みだったけど、どうしたの？」

「あ。ええと、佐々木さん」

何とか記憶に引っ掛かっていた名前を呼ぶ。……いつも名前を忘れそうになるんだよな。

そして、その隣《となり》のいつも彼女と一緒にいる男の名前は覚えていない。

「あんまりにも見掛けないから、皆《みな》心配してたんだよ」

「そうだよ、病気でもしてたのか？」

真顔で訊《たず》ねられ、思わず苦笑《くしょう》してしまう。

「ごめん、ちょっと親戚《しんせき》に不幸があってバタバタしてたんだ」

俺は、芹沢の使った嘘《うそ》に合わせてあらかじめ考えておいた通りのいい云い訳を告げた。

病気で休んでいたと云ってしまうと、色々つっこみを入れられたときにボロが出かねない。

「そうだったんだぁ。大変だったんだね。同じ授業のプリントとかは篠原くんの分ももらってあるから、今度持ってくるね」

「本当に？　ありがとう、助かるよ」

ふわりと笑顔《えがお》を向けると、二人とも頬《ほお》を染めた。

「この授業も来週――」

男のほうが何かを云おうとしたそのとき、前方から圧力のある声に名前を呼ばれた。

「篠原」

「――」

おもむろに階段を上ってきた塚崎の姿に、みんなして押し黙《だま》る。

「このところずっと休んでいたろう？　そのことで話があるんだが、今から研究室に来てくれないか」

「……はい、わかりました」

やっぱり、きたかと思いつつ、無表情のまま返事をした。

他の生徒の前で呼び出しをされては、シカトするわけにもいかない。安全だと思った状況《じようきよう》を逆手に取られてしまったということか。

覚悟《かくご》を決めるしかないみたいだ。いつものように機嫌《きげん》を取ってやれば、しばらくは保つだろうし。

塚崎の姿が見えなくなると、張り詰《つ》めていた空気がほっと緩《ゆる》む。

「ねえ、大丈夫《だいじようぶ》…？」

普通《ふつう》じゃない雰囲気《ふんいき》を彼女も嗅《か》ぎ取ってしまったようだ。

無関係な人間を不用意に不安がらせるわけにもいかないと、敢《あ》えて明るく云う。

「大丈夫だよ。お小言云われるだけじゃないかな」

「でも、あの先生そういうことしそうにないタイプなのにねー」

「篠原は目立つからなあ…」

男の言葉に、佐々木も深く頷《うなず》いていた。

「ヘンなことされたら云ってね！　あたしが文句云いに行ってあげるから！」

「ヘンなことって何なんだよ、佐々木」

「だって、篠原くんくらい綺麗《きれい》だと、色々あるかもしれないじゃない」

「あはは…」

なかなかに深い洞察力《どうさつりょく》で、俺は苦笑いしてしまった。

本当は笑い事なんかじゃないんだけど……。

――仕方ない。相手をしにいってやるか。


「失礼します、篠原です」

研究室のドアをノックして、名前を告げる。

「入りたまえ」

わざわざ入り口まで出迎《でむか》えに来た塚崎は、ご丁寧《ていねい》にドアに鍵《かぎ》を掛けていた。

……思いきり、嫌《いや》な予感がするんですけど。

「随分《ずいぶん》、ゆっくりだったじゃないか」

穏《おだ》やかな口調を装《よそお》っているが、これはかなり機嫌が悪い。

あまり感情の波を外に出さないタイプかと思いきや、それは取り繕《つくろ》った表面だけだということに俺も薄々勘付《うすうすかんづ》いていた。

「すいません。友人と話をしていたら、時間が経《た》ってしまって」

「友人を大事にするのもいいが、私のことも考えて欲しいものだな。本当に、こうして二人きりになるのは久しぶりだね」

「…そうですね…」

それはそうだ。ここしばらくは、ひたすら避《さ》けていたわけだし。とくに先週は、芹沢の家から一歩も出ていない日が続いたのだから他の誰《だれ》にも会いようがない。

「何をそんなに拗《す》ねてるんだ？」

「は？」

何をどうしたら、そういう結論が出てくるんだ。

「わかってるよ、私がなかなか妻と別れられないことが気になってるんだろう？」

「そんなことは――」

「いいんだ。それは私の腑甲斐無《ふがいな》さが悪いんだからね。だが、君は心配しなくていい……。本当に想《おも》っているのは君だけなんだ」

するりと背後から巻き付いてきた腕《うで》を拒《こば》むことも面倒《めんどう》で、されるがままに抱《だ》き寄せられる。

「先生？」

……ここでやろうっていう気なのか？

さっき研究室のドアには鍵を掛けていたから、誰かに見つかるということはないだろうけれど、以前はもっと用心深く行動していたはずだ。

何となく形振《なりふ》り構ってないように見えるのは、本気で離婚《りこん》するつもりになってるからだろうか？　それとも――。

「……冬弥」

名前を呼ぶ声が微《かす》かに熱を孕《はら》んでいる。

ぐっと押し当てられた下半身も、既《すで》に自己主張を始めていた。

どうやら、塚崎は本気っぽい。その気にはなれないけれど塚崎を拒むことも面倒で、どうでもいいか、という気分で投げやりに身を任せることにした。

「先生…立ったままじゃ辛《つら》いですよ…？」

そう云《い》うと机の上に座らせられた。常日頃《つねひごろ》から異常なほど整理整頓《せいとん》されているのは、こういうときのためなのかと勘ぐりたくなってしまう。

「……冬弥……冬弥……」

熱に浮《う》かされたように俺の名を繰《く》り返す塚崎とは対照的に、俺の体は冷えたままだ。

どんなに体をまさぐられても、何故《なぜ》か体が少しも反応しない。今までなら、どんな相手だってそれなりに感じたはずなのに。

肌《はだ》を撫《な》でる手が、首筋に吸い付く唇《くちびる》が芹沢のものだったら――。

「……っ」

……何を考えてるんだ、俺は？

諦《あきら》めが悪いにもほどがある。いつまで、あいつのことを引き摺《ず》ってるつもりなんだ。

あんな傲慢《ごうまん》で強引《ごういん》で意地の悪い男。

人のことを猫《ねこ》と一緒《いっしょ》にペット扱《あつか》いするような最低の人間なんか、さっさと忘れてしまえ。

「…………」

——そういえば、ユキはどうしてるだろう？

ちゃんとミルクをあげてくれてるだろうか？

塚崎との行為《こうい》には上の空で、そんなことを考えていた俺は、ポケットに入れていた携帯《けいたい》から伝わる振動《しんどう》に、はっとなった。

「や……っ」

我に返った俺は、近付いてきた顔を露骨《ろこつ》に避けてしまった。

「どうしたんだ？　冬弥」

「——携帯が……」

塚崎から離《はな》れるための云い訳に、わざとらしく携帯の液晶《えきしょう》を見た俺はそこに表示されていた名前に目を見開いた。

……芹沢!?

入れた覚えのない番号が入力されていたことにも驚《おどろ》いたけれど、それよりもこのタイミングで電話が掛《か》かってきたことに動揺《どうよう》させられてしまう。

「そんなの無視すればいいじゃないか」

「でも――」

あいつじゃなきゃ嫌だ。

この体に触《ふ》れていいのは、あいつだけなんだと細胞《さいぼう》の一つ一つが拒否反応《きょひ》を起こしてる。

俺はいやらしく腕を絡《から》めてくる塚崎の体をそっと押し返した。

「――冬弥？」

「……すいません。今日は、気分が乗らなくて」

唇が触れそうになった途端《とたん》、一気に込《こ》み上げてきた嫌悪《けんお》感に当惑《とうわく》する。

「どうしたんだ？　このところ」

突然《とつぜん》、行為を中断された塚崎は、苛立《いらだ》ち混じりに訴《うった》えてきた。

塚崎の云うように、今まではこんなふうに感じたことなんて一度もなかった。だけど、もう触れられることさえ耐《た》えられない……。

「自宅も携帯も出ないし、家にもいないようだったじゃないか。私に連絡《れんらく》一つ寄越《よこ》さないで、一体どこに行っていたんだ？」

今にも食って掛かってきそうな塚崎を冷めた視線で見遣《みや》ると、俺は塚崎の腕の中から逃《のが》れ、乱れた衣服を整えた。

いつもは取り澄《す》ました顔をしている男が、今は怒《いか》りのそれに歪《ゆが》められている。

「……もう、やめませんか？」

「何？」

声に剣呑《けんのん》さが増す。

『――お前も気を付けたほうがいい』

あのときの芹沢の言葉が脳裏《のうり》に蘇《よみがえ》ったけれど、もうどうなったっていいとさえ思っていた。

「先生とはもう、こういうことはしたくないんです」

「だから、何を云ってるんだ？」

「はっきりと云わなければわからないんですか？　二人で会ったり、寝《ね》たりするのをやめると云ってるんです」

話を理解しようとしない態度に苛《いら》付き、思わずはっきりと云ってしまった。

「何…だって…？」

「このところ会ってなかったのだって、俺が故意に避けていたからですよ。遊ぶ相手にちょうどいいと思ったから、こうして関係していただけであって、俺は別に貴方《あなた》と付き合ってるつもりはありません」

勢いで全《すべ》てをぶちまけてしまう。

ストレスになっていたことを洗いざらい口にできた俺は、少しだけ胸がすっとした。

「こちらが下手に出ていれば調子に乗りやがって！　お前は自分がどういう立場かわかっているのか？　私が一言云い添《そ》えれば、この大学にだっていられなくなるんだぞ！」

「お好きなようにして下さい。貴方の権力が蔓延《はびこ》ってるような大学、こちらから願い下げです」

どうとでもすればいい。

そんな気分で云い捨てると、俺は踵《きびす》を返し研究室を出て行こうとした。

「この……ッ！」

だが、塚崎は俺の肩《かた》を摑《つか》んで強引に振《ふ》り返らせると、拳《こぶし》を振りかぶってきた。

俺は敢《あ》えて、それを避《よ》けようとはせずに頰《ほお》で拳を受け止める。

ガッ、という鈍《にぶ》い音のあと口の中に血の味が広がり、押し問答をしている間に静かになった携帯が手から滑《すべ》り落ちて鈍い音を立てた。

「それで貴方の気は済みましたか？」

頰を手で押さえることなく、冷ややかな目で塚崎を見遣る。

「あ……いや…私は……」

視線を泳がせ、狼狽《うろた》える塚崎を横目に切れた唇に滲《にじ》んだ血を親指で拭《ぬぐ》い、それを舌先で舐《な》め取った。鉄の味が広がる口から、殊更《ことさら》冷たく云い放つ。

「もう、これきりにして下さい」

「と……」

塚崎の顔には絶望感が広がっている。だが、それを見ても、何の感慨《かんがい》も浮かんではこない。

「失礼します」

再度、背中を向けた瞬間《しゅんかん》、首に何かが巻き付いてきた。

「…っ!?」

「行かせない……お前は、私のものだ……」

――油断した。

異常な強さで喉元《のどもと》を絞《し》め付けてくるものを外そうと試みて、それが塚崎の指であることがわかったけれど、苦しさで指に力が入らない。

「…や…め……」

「別れるなんて、赦《ゆる》さない」

塚崎のまるきり理性を失った口調に、背筋が冷たくなった。

普通《ふつう》じゃない。これは――完全に常軌《じょうき》を逸《いっ》している。

「く……っ…」

酸欠でだんだんと意識が遠退《とおの》いていき、四肢《しし》にも意思が伝わらなくなってくる。

これで俺、殺されるのかな……？

せっかく電話が掛かってきたんだから、出ておけばよかった。

そうしたら、死ぬ前にあいつの声が聞けたのに。
そうすれば、最後に名前くらい呼んでもらえたかな…？
本当に俺ってツイてない。昔っから、ろくな目に遭《あ》わないよな。
自嘲《じちょう》気味に笑ったのを最後に、意識が完全にブラックアウトした。

8

窓も時計もない部屋は時間の経過を教えてくれない。置いてあるのは、急ぎで用意したことを窺《うかが》わせる安っぽいパイプベッドだけ。まるで、いつか閉じ込められていたような光景に、俺はぞっとしなかった。

どうやら、ここは都内にある塚崎の別宅らしい。前に一度だけ連れてこられたことがあったけれど、確か三階建ての建物だったはずだ。窓がないということは、ここは半地下にある倉庫代わりの部屋だと予想がつく。

ここならば、ドアを閉めていれば大声で叫《さけ》んでも音は外に漏《も》れないし、逃《に》げ出すこともできない。

首を絞められたときはもう駄目《だめ》かと思ったけれど、案外人間は丈夫《じょうぶ》にできているようだ。ヘンなところで悪運が強いのだろうか？

気が付くと、俺はシャツ一枚羽織っただけの格好で後ろ手に縛《しば》られ、片足はパイプベッドに繋《つな》がれていた。

「俺、このところ縛られてばっかりだな……」

決して気持ちのいいものではないけれど、もうすっかり慣れきってしまっているところが恐《おそ》ろしい。体が不自由なりの過ごし方を覚えてしまったというほうが正しいだろうか？

何とかなるかもしれないと思い、ジタバタしてみたけれど縛られた箇所《かしょ》にロープが食い込むだけだった。

しかし、眠《ねむ》ろうにも、こう明るくてはすぐに目が覚めてしまう。途切《とぎ》れることのない煌々《こうこう》とした人工の明るさも、不快に思うことがあるのだということを知った。

暗闇《くらやみ》に放《ほう》り出されるよりはマシだけれど。

「くしゅんっ」

空調は入ってるみたいだけど、全裸《ぜんら》に近い今の格好はさすがに肌寒《はだざむ》い。このままじゃ確実に風邪《かぜ》をひくよな。

……なんて、暢気《のんき》なことを考えてる場合じゃないみたいだ。

静かな足音と人の気配に身構えると、思った通りに部屋のドアの鍵《かぎ》がガチャリと鳴った。ゆっくりと開かれたその向こうから、人の好《よ》い笑顔《えがお》を浮《う》かべた塚崎が現れる。

「待たせたね、冬弥」

「…………」

別に俺は待ってなんかいなかったけど。

そう反論しても意味がないことを知っていたから、じっと黙《だま》って聞き流す。

「お腹空《なかす》いただろう？　食事を持ってきた」

「結構です。こんな状況《じょうきょう》で食欲なんかあると思いますか？」

大人しく施《ほどこ》しを受ける気にはなれなくて、俺は塚崎に穏《おだ》やかに問い掛《か》けた。

「……すまないとは思ってるよ。私だって、君を自由にしてあげたいんだ。だけど、これは君が意地を張るからいけないいんだよ？」

言葉に矛盾《むじゅん》が生じている。本当に自由にしてやりたいと思っていたら、こんなことはしないはずだろうに。

つまり、塚崎は『自分の云《い》うことを聞く範囲《はんい》なら、好きに遊ばせてやってもいい』と思ってるのだろう。だが、本人はその矛盾に気付いていない。都合の悪いことは考えないような思考回路になっているらしい。

「意地なんか張ってません。あなたとお付き合いするつもりはないですし、あなたの顔ももう見たくもないんです。こんなことをしていたって、建設的とは云えないでしょう？」

「そうやって、嘘《うそ》ばかり吐《つ》いて。君の本心くらい、私にはお見通しなんだからね？」

「…………」

何度かこうして説得を試みようとはしてみたものの、自分勝手な論理が脳内で展開されている塚崎に、云っていることを理解させることは、不可能に近かった。

「ほら。体のためにも、少しくらい食べたほうがいい」

「…いりません」

差し出されたスプーンから、顔を背《そむ》けた。今では塚崎が側《そば》にいるだけで吐《は》き気が込《こ》み上げてくるというのに、食事なんかが喉《のど》を通るはずがない。

「あまりわがままを云わないでくれ。ああ、もしかして私に甘えているのかい？」

抱《だ》き起こそうとする塚崎の手が体に触《ふ》れた途端《とたん》、物凄《ものすご》い嫌悪《けんお》感が走り抜《ぬ》けた。

「触《さわ》るなっ！」

反射的に体を捩《ねじ》り、その手を全身で拒絶《きょぜつ》する。あまり刺激《しげき》しないように、とは思っていたけれど、どうしても耐《た》えることができなかった。

「何を駄々《だだ》を捏《こ》ねているんだ。いい子にしていなさ――」

「や…っ」

頭を撫《な》でようと伸《の》ばされた手を首を振って拒《こば》んだ。その反動で、塚崎の手に持たれていたトレイの落下していく様がコマ送りのように目に映る。

「――」

ガシャーン…と激しい音が狭《せま》い室内に響《ひび》き渡《わた》り、食べ物が見るも無惨《むざん》に床《ゆか》に飛び散った。

汚《よご》れた床を黙ってじっと見つめていた塚崎は、ぽつりと呟《つぶや》いた。

「……お仕置きされたいみたいだね」

またか、とため息を吐く。

塚崎は何かと理由をこじつけては、無理矢理に俺を犯《おか》した。自分の行動に理由をつけるのは、自分自身を正当化したいという気持ちの表れなんじゃないかと思う。

優《やさ》しくしてみたり、わざと乱暴にしてみたりするのは、俺の気持ちが向かないことに対する云い訳のため。

だけど、いくら手を尽《つ》くされようとも、本当に欲しいものを知ってしまった体では、感じることも、心を動かすこともできはしなかった。

それでも、一方的な行為《こうい》はやめてはもらえず、頑《かたく》なに拒む体を無理矢理に暴力で押し開かれるのだ。

塚崎に何度抱かれようとも快感など微塵《みじん》も生まれず、ただ痛みだけが感覚を支配するだけだというのに。

そうして傷付けるような行為をしたあとは、殊更丁寧《ことさらていねい》に治療《ちりょう》され、こんなことはしたくないのだと切々と訴《うった》えてくる。俺が酷《ひど》い目に遭《あ》うのは『俺』のせいであって、塚崎は決して『自分』が原因だとは思いも寄らないらしい。

「何を考えてるんだ?」

「さあ?　云ってもわからないんじゃないですか?」

ギシリとパイプベッドが揺《ゆ》れ、目の前に影《かげ》が落ちる。俺の上に跨《また》がり、見下ろす塚崎の顔は幸いなことに逆光でよく見えなかった。

「……冬弥。どうして、そんなにいけない子になっちゃったんだろうね。以前の君はもっと素《す》直《なお》で従順だったのに」

「記憶違《きおくちが》いでしょう？」

どうせ抱かれなきゃいけないのなら、優しくなんかされたくない。暴力のほうが、まだ耐えることができるから。

「――冬弥。本当に君は罰《ばつ》を受けたいみたいだね。それとも、そんなに私に抱かれたいのか？」

「どっちも望んでなんかいません。……あなたに触れられると、気分が悪くなるんです」

吐き捨てるように告げる。俺の心の底からの本音に、塚崎は不快感を露《あらわ》にした。

「そういう冗談《じょうだん》は笑えないな。君はもっと素直になるべきだ」

「つ…っ…」

足の間に手を伸ばされ、項垂《うなだ》れていた俺自身をぎゅっと握《にぎ》り込まれる。塚崎は指を絡《から》ませたそれを手の内で弄《もてあそ》んだ。

「どうしたんだ？　こうしてやれば、君は喜んだじゃないか」

「…っ、く……」

どんなに弄《いじ》っても反応を示さない中心を、塚崎はムキになって愛撫《あいぶ》とは云えないような手付きで扱《しご》き上げてくる。

「どうしたんだ？　これでは物足りないとでもいうのか？」

「やめ…っ」

塚崎は申し訳程度に留められていたシャツのボタンを外し、剝《む》き出しにした素肌《すはだ》に手の平を滑《すべ》らせる。全身にザァッと鳥肌が立ったのは、もちろん嫌悪感からだった。

こうして、これからずっとこの男に苛《さいな》まれなければいけないのだろうか？

一生、ここから出してはもらえないのだろうか？

先の見えない絶望感に押し潰《つぶ》されそうになる。諦《あきら》めることを覚えたはずなのに、この状況を受け入れてしまおうという気持ちには、どうしてもなれなかった。

「気持ちいいだろう？」

「……っ」

「いいとその口で云ってみろ。今さら恥《は》ずかしがるようなことじゃないだろう？」

「――――」

「…だったら、仕方ないな」

体を這《は》い回っていた塚崎の手が動きを止めたかと思うと、今度は両足を大きく拡《ひろ》げた格好を取らされた。

「少し痛いかもしれないが、一番欲しいものを今すぐにやろう」

「…っ!!」

狭い部屋にファスナーの下がる音が響き、持ち上げられた腰《こし》に熱いものがひたりと押し当てられた。塚崎は濡《ぬ》らしもせずに、体を繋《つな》げるつもりなのだろう。

俺は歯を食いしばる。

こんな男の前で、みっともなく泣き叫《さけ》ぶことだけはしたくない。

覚悟《かくご》を決めたその瞬間《しゅんかん》、ピンポーン、と来客を告げるチャイムがなった。

「誰《だれ》だ、こんなときに……」

「行かなくていいんですか？」

「お前が気にすることじゃない。留守だと思えば、すぐにいなくなるさ」

タイミング悪く邪魔《じゃま》が入ったことに、塚崎はますます苛立《いらだ》ちを募《つの》らせた。呼び出しを無視し、行為を続けようとする間にも、電子音は執拗《しつよう》に鳴り続けている。

「ちっ」

居留守を決め込もうとしていた塚崎も、あまりの諦めの悪さに音を上げたらしく舌打ちをしてベッドの上から降りた。

「追い払《はら》ってくるから、ちょっと待っていなさい。いい子で大人しくしてるんだぞ」

「…………」

身なりを整える様子を足を投げ出してベッドに横たわった格好のまま、虚《むな》しい気持ちで眺《なが》める。

「返事はどうした？」

「……あなたは、俺があなたの云《い》うことを聞くと思ってるんですか？」

こんな状態では大人しくしている他《ほか》、できることはないけれど素直に従うのも癪《しゃく》だった。

そんな口答えも、塚崎の気に食わなかったらしい。

「いいかい？　わがままは、適度であるから可愛《かわい》いんだよ？　そんなに喋《しゃべ》りたくないのなら、塞《ふさ》いでおいてあげようか」

「…っ！　んぐ…っ」

そう云って塚崎は俺の髪《かみ》を摑《つか》んで持ち上げると、口にタオルを嚙《か》ませ頭の後ろで縛《しば》り上げた。

俺が大声を出すことを懸念《けねん》したのだろう。

だけど、猿轡《さるぐつわ》をかませたことで安心したのか、部屋を出ていった塚崎はいつものように鍵《かぎ》を掛《か》けてはいかなかった。

薄《うす》く開いたドアから、階段を上る足音のあとに続いてインターホン越《ご》しに話し掛けている塚崎の声が聞こえてくる。

「はい？」

スピーカーの音が大きいようで、外の声も微《かす》かに届いてきた。

『利彦さん？　私です』

この声は……。

つい最近、聞いたばかりな気がする。

「佳織《かおり》？　どうしたんだ、いきなり」

どうやら、彼女がここを訪ねてくるような予定はなかったらしく、塚崎の声に動揺《どうよう》の色が滲《にじ》んでいる。

塚崎の演技には聞こえない驚《おどろ》きの様子に、ピンときた。

この人、塚崎の奥さんだ。聞き覚えがあると思ったのは、あの日芹沢の家を訪ねてきた彼女と話したから。

『このところ帰ってらっしゃらないから、心配で様子を見に来たの』

「心配することはない。少し、仕事のほうが忙《いそが》しくてね」

一体、何の仕事をしているのかと問いたくなった。

『あなたのことだから、食事もちゃんととってないんでしょう？』

「そんなことないさ」

佳織の無邪気《むじゃき》な言葉に安心したのか、塚崎はペースを取り戻《もど》し、いつもの気取った口調で返した。

明るく振《ふ》る舞《ま》ってはいるものの、その語り口には苛立ちが滲んでいる。

『誤魔化《ごまか》してもダメ。お食事作ってきたから、玄関《げんかん》を開けてくれない？　今、両手が塞がってってドアに触《さわ》れないの』

「……わかったわかった。今、行くよ」

追い払うことを諦めたらしく、とうとう塚崎のほうが折れる形となった。インターホンでの通話を切ったあと、忌々《いまいま》しげな舌打ちが聞こえてくる。

だが、施錠《せじょう》を解き、玄関を開けたときの塚崎の声は、また元通りの取り澄《す》ましたものになっていた。この変わり身の早さには舌を巻く。

「わざわざすまないな、佳織」

「よかった、元気そうで」

こうして聞いていると、普通《ふつう》に仲のいい夫婦《ふうふ》の会話だ。事情を知っていると、途端《とたん》に白々しくは聞こえてくるけれど。

「君は心配性《しょう》なんだよ。私だって、子供じゃないんだから」

「お話の途中《とちゅう》、すいません。塚崎さんですね」

和《なご》やかな会話が、割って入った声に打ち切られた。

――え……？

予想していなかった声に意識が集中する。

……芹沢だ。

どうして、ここに？

まさか、と思いかけて、偶然《ぐうぜん》でも何でもない理由を思い出した。

そうだ……、あいつは初めから塚崎と関《かか》わり合いのある人間だったじゃないか。ここに付き添《そ》いで来たとしてもおかしくはない。

ささやかに込《こ》み上げてきた期待を、俺はかぶりを振って否定する。

期待しちゃ駄目《だめ》だ。俺を捜《さが》しにきたわけじゃない、ただ『仕事』をしにきたんだ。

そうは思っても、胸が震《ふる》えてしまう。

俺を見つけてくれなんて、高望みを云うつもりはない。

二度と聞けないのだと思っていた声が聞けただけで、瞳《ひとみ》の奥が熱くなった。

「——佳織？　こちらの方は？」

塚崎の語調に警戒心《けいかいしん》が含《ふく》まれている。

「今日はあなたにお話があって来たのよ。お食事を作ってきたっていうのは嘘《うそ》だったの、ごめんなさい。一人じゃ心許《こころもと》ないからついてきてもらったの」

申し訳なさそうな声で、佳織が謝った。

ということは、さっきのはドアを開けさせるための演技だったってこと？

そんなことができるタイプには、到底《とうてい》見えなかったけど……。

「話？　だったら、君一人でいいじゃないか。どうして、こんな男を……」

云いかけた塚崎は、何かに気付いたらしく言葉を切った。

「そのバッジ……」

どうやら、塚崎は芹沢の付けている弁護士であることを示すバッジに気が付いたようだ。当然、その流れで夫人の訪《おとず》れた理由も察しただろう。

「二人でお話ししても、埒《らち》が明かないでしょう？　長くなりそうだから、中に上げてもらいたいんだけど、いいかしら？」

彼女の言葉は、明るい口調だが否定を許さない強い意志が込められている。世間知らずなように見えて、その実、芯《しん》の強い女性なのかもしれない。

「また今度にしてくれ。今日は、忙しいんだ」

夫人の目的を知った塚崎は、態度をガラリと変え、二人の立ち入りを拒絶《きょぜつ》した。しかし、芹沢は引き下がらなかった。

「一体、何をしていて忙しいんでしょうね？」

「な…っ、そんなもの、仕事に決まってるだろう!?　その手を放《はな》したまえ！」

どうやら、閉めようとしているドアを芹沢が押さえているらしく、塚崎は強い態度で怒鳴《どな》り付けている。

「見られて困るものでもあるんですか？」

「何を云ってるんだ、君は!!」

力ずくで塚崎のガードを突破《とっぱ》しようとしているのか、争う物音と声はどんどん大きくなっていく。

「ちょっと、失礼」

「おいっ！　何をするんだ!!」

ドタドタというフローリングの鳴る音で、芹沢が土足で家の中に上がってきたことを知った。

あまりに強引《ごういん》な行動に、俺まで度胆《どぎも》を抜《ぬ》かれてしまう。

「人の家に勝手に上がり込むなんて不法侵入《しんにゅう》もいいところだ！　警察を呼ぶぞ」

あくまで強気の姿勢を崩《くず》さない塚崎に、芹沢は呆《あき》れたような口調で切り返した。

「警察を呼ばれて困るのは、どちらでしょうね」

……え？

今、何て……。

「な…君は何を云ってるんだ…？」

芹沢の言葉に、塚崎の抵抗《ていこう》が止《や》む。俺の時間まで、一緒《いっしょ》に止まってしまったかのような錯覚《さっかく》に襲《おそ》われた。そのくらい、驚いてもおかしくない台詞《せりふ》だった。

その真意を量りかねているのか、塚崎は芹沢の出方を窺《うかが》っているようだ。

「わかってるんですよ。ここにあいつがいることくらい」

――っ!!

……あいつって、俺のこと…だよね…？

捜しに来てくれたってこと？

期待もしていなかった展開に、思考回路が混乱する。

「な……何のことだ…？」

「とぼけても無駄《むだ》ですよ。この家の間取りも調べてありますから、案内は不要です」

だんだんと芹沢の声が近付いてくる。その間も揉《も》み合う様子が伝わってきた。

「ここは私の家だ!!　勝手なことをするんじゃない！」

「あなたこそ勝手な真似《まね》はしないでもらいたい。冬弥は返してもらう」

「…っ!!」

芹沢の言葉に、俺は息を呑んだ。嬉《うれ》しさに胸の奥から熱いものが込み上げてくる。

やっぱり、俺のことを迎《むか》えに来てくれたんだ……。

「馬鹿《ばか》なことを云《い》うな！　そんな奴《やつ》、ここには――」

「少し黙《だま》ってろ！」

「ぐっ…かは……っ」

鈍《にぶ》い音と共に、塚崎の呻《うめ》き声が聞こえてきた。芹沢は拳《こぶし》を使い、力ずくで塚崎の制止を振り切ったようだ。

「冬弥！　いるんだろう!?」

「んーっ、んんーっ！」

名前を呼びたかったけれど、口を塞《ふさ》ぐタオルがその邪魔《じゃま》をする。喉《のど》から出るだけの呻き声で必死に訴《うった》えると、慌《あわ》てたように階段を降りる足音のあと、僅《わず》かに開いていたドアが勢いよく開け放たれた。

「冬弥!?」

怒《いか》りのせいで無表情になった芹沢の顔。その唇《くちびる》が俺の名前を刻むのを見た途端、張り詰《つ》めていた気持ちがふっと緩《ゆる》む。

「酷《ひど》いことを…。待ってろ、今外してやる」

嚙《か》まされていたタオルを外してもらい、大きく呼吸をする。そして、何度も呼ぼうとしていた名前を口にした。

「芹沢さん…」

「遅《おそ》くなってしまって、すまなかったな」

芹沢は俺の手足を縛《しば》るロープの結び目を解《ほど》き、拘束《こうそく》を解いてくれる。抱《だ》き起こされ、肩《かた》にスーツのジャケットを掛《か》けられると、じわりと瞳の奥が熱くなった。

「どうして、あんたが謝るんだよ？　あんたは何にも悪くないだろ？」

そんな義務、あんたにはないじゃないか。

そう云って、笑おうとしたけれど、上手《うま》くいかなくて。

「俺の責任だ。あのとき、無理にでも連れ帰っていれば、こんなことにならなかったのに」

「芹沢さん……」

「でも、もう大丈夫《だいじょうぶ》だ」

何と返せばいいかと口籠《くちごも》っていると、階段を転がり落ちるような勢いで塚崎が戻《もど》ってきた。芹沢に殴《なぐ》られ、伸《の》びているのかと思っていたが、まだ意識は残っていたらしい。

「こいつを誑《たぶら》かしたのは、お前か…？　よくも、私の冬弥を…っ」

「誰《だれ》がお前のだって…？」

瞬時《しゅんじ》に湧《わ》き上がる怒りのオーラ。

表面上は穏《おだ》やかそうに抑《おさ》えていても、取り巻く空気がぴりぴりしてる。

「一体、冬弥に何を吹《ふ》き込んだんだ!?　そうでもなかったら、あんなことを云い出すはずがない！」

「あんなことって、何を云われたんだ？　差し詰《ず》め、別れ話でも切り出されたんだろう」

「な…っ、何を云う！　あれは私のために身を引こうとしただけで、私のことを思ってのことだったんだ　そうだろう、冬弥？」

「………」

呆れて物が云えない、とはこういうことを云うのだろう。

「お前はその相手を監禁《かんきん》して、どうするつもりなんだ？」

「色々と混乱しているようだったんだよ。雑音がないほうがゆっくり考えられるだろう？」

「ふざけるな！　それは脅迫《きょうはく》っていうんだよ!!」

「…っ」

芹沢の一喝《いっかつ》に言葉を詰《つ》まらせた塚崎の背後から、柔《やわ》らかな声が響《ひび》いてきた。

「やっぱり、もう私達ダメね」

「か、佳織……」

彼女の声に、その存在と状況《じょうきょう》をようやく思い出したらしい。塚崎の顔は血の気が引き、蒼白《そうはく》になっている。

「あなたのこと、信じてあげたかったんだけど」

「わっ、私はこいつに誘惑《ゆうわく》されて…っ」

取り返しのつかない状況の中、必死に云い訳を探す塚崎に佳織はにっこりと微笑《ほほえ》んだ。

「大丈夫。警察は呼ばないから安心して」

「私のことを信じてくれるのか？」

一瞬、喜色を浮《う》かべた表情は、次の言葉に打ち砕《くだ》かれる。

「こういう事件で法律がどれだけ役に立たないかくらい知ってるもの。あなたには、あなたに見合った償《つぐな》いをしてもらわなくちゃね」

思った以上にしたたかぶりを発揮する佳織の様子に、俺は唖然《あぜん》としていた。

「佳織…？　君は何を云っているんだ？」

「このことを、ご実家のほうに伝えさせてもらおうと思って。そうするのが一番いい方法でしょう？　今までも、こうしたことを揉み消してきてくれたんだから、今回だって力になってくれるわ」

「く…っ」

万策尽《ばんさくつ》きてしまった塚崎に残された道は、もうなかった。

最後の足掻《あが》きのつもりか、隠《かく》し持っていたナイフを手に、芹沢の胸に抱かれたままの俺目掛《めが》けて向かってくる。

「うわああぁっ！」

「――――!!」

咄嗟《とつさ》のことでどうすることもできず、ただぎゅっと目を瞑《つぶ》った。

しかし、予想していた痛みは一向に訪《おとず》れない。恐《おそ》る恐る目を開いてみると、俺は芹沢の背に庇《かば》われていた。

「芹沢さん…⁉」

まさか、俺を庇って…⁉

一瞬、そう危惧《きぐ》したけれど、よくよく見てみると、塚崎の手にあったナイフは叩《たた》き落とされ、その腕《うで》は後ろにねじりあげられている。

「い…っ、は、放せ…っ」

「こいつにこれ以上傷を付けてみろ。そのときは、俺がお前を殺してやる」

「――――！」

低く抑えられた声に、俺まで鳥肌《とりはだ》が立ってしまった。脅《おど》し文句なんかじゃなく、本気でそう云っていることが伝わってきたから。

「次はないと覚えておけ」

どうしよう……。

誤解してしまいたくなる。この背中に縋《すが》ってしまってもいいのだと。

そっと指先を伸ばして、広くて暖かな背中に触《ふ》れてみた。

「…冬弥?」

「……っ」

衝動《しょうどう》を堪《こら》えることができず、思わず抱きついてしまった。押し当てた頰《ほお》から感じる体温に安心して、体の強張《こわば》りが少しずつ解けていく。

「もう、大丈夫だ」

繰《く》り返される優《やさ》しい声音《こわね》に体から力が抜《ぬ》けていく。

今だけは、夢を見ていてもいいだろうか?

俺は巻き付けた腕にぎゅっと力を込《こ》めると、手に芹沢の手が重ねられた。

「ウチに帰るぞ」

「……うん」

「つ……ッ」

　ザアッとシャワーのお湯を頭から浴びると、擦《す》り切れた手足がチリチリと痛んだ。それでも、

　体にまとわりつく嫌悪《けんお》感を消してしまいたくて、泡立《あわだ》てたスポンジで力任せに体を擦《こす》る。

　頭から爪先《つまさき》まで丹念《たんねん》に洗い上げた体を湯船に沈《しず》めると、ようやく少しだけ落ち着くことができた。

　――それにしても。

　また、この部屋に戻ってくるとは思わなかった。

　二度と足を踏《ふ》み入れることはないつもりだったのに……。

　結局、塚崎の別宅に監禁されていたのは、とてつもなく長い時間だったように思えたものの、実際は二日に満たない程度だったようだ。

　俺が姿を消したことを知った芹沢が塚崎の近辺を調べたところ、明らかに不審《ふしん》な行動が見られたため、奥さんに協力してもらって別宅を調べることができたのだという。

　芹沢に助け出された俺は抱《だ》きかかえられるようにして強引《ごういん》に車に乗せられ、自分から出ていったはずのこのマンションへ連れて来られ…いや、連れて帰られてしまった。

「反則だよな…」

『――ウチに帰るぞ』

弱ってるところにあんなことを云《い》われてしまえば、また望みを持ってしまいたくなる。

せっかく諦《あきら》めたのに、また諦め直さなくちゃいけないのか。

「できるかな…？」

できなくても、しなくちゃいけない。

だけどいくら仕事のためであったとしても、俺なんかの面倒《めんどう》を最後までみようとするのが、芹沢らしい。そんなふうに、きっとユキのことも大切にしてくれると思う。

……でも、もし芹沢が俺にまだ同情してくれているというのなら――今日ぐらい……甘えてしまってもいいだろうか？

「――」

一日だけなら、許されるかもしれない。

明日の朝になったら出て行くから、だから――。

キュッとシャワーを止め、決心を固めた。

手当てが先だと云い張る芹沢を押し切り、風呂場《ふろば》に逃《に》げ込んだのは、汚《よご》れた体を触《さわ》られたくなかったから。せめて塚崎に抱かれた跡《あと》を見られることだけは、避《さ》けたい。

脱衣所《だついじょ》の戸棚《とだな》から勝手にタオルとバスローブを出して使い、身支度《みじたく》を整える。髪《かみ》もざっと乾《かわ》かしてリビングに顔を出すと、芹沢が難しい顔をして待っていた。

「シャワー、ありがと」

「こっちに来い。手当てしてやる」

そう云って連れていかれる。セックスの前なんかとは比べ物にならないくらい緊張《きんちょう》した。

ドクンドクンと脈打つ心臓の音が、聞こえてしまうのではないかと不安になる。

「そこに座れ。楽な体勢で構わない」

促《うなが》されるままにベッドに足を投げ出すように座った俺は、無表情で俯《うつむ》いた。

こういうときって、どんな顔すればいいんだっけ？

「痛いところはあるか？」

――心臓。

そう答えたくなったけれど、その単語は呑み込んで。

「……手首と足首かな」

改めて見てみると、くっきりと縛《しば》られていた跡が浮かんでいた。

外そうとして暴れたせいだろう。力ずくで足を開かされたときの指の跡まで、こんなにはっきり残ってるとは思わなかった。

しまった、と思い顔を上げると、芹沢の表情が怒《いか》りのそれに変わっている。

その顔に、不謹慎《ふきんしん》にも胸が疼《うず》いた。

「あの野郎《やろう》……」

芹沢はあいつの痕跡《こんせき》を睨《にら》みながら、忌々《いまいま》しげに呟《つぶや》いた。怒りを抑《おさ》え込んでいる表情でさえ、目を奪《うば》われてしまう。

そういえば、俺って芹沢の怒《おこ》った顔ばっかり見てる。

――怒らせてばかりいる。

「…ごめん」

擦《す》り傷に軟膏《なんこう》を塗《ぬ》り込み、ガーゼをあて包帯を巻いていく芹沢に、俺は短く謝った。

「何でお前が謝るんだ」

芹沢は黙々《もくもく》と手を動かし続けながら、訝《いぶか》しげに問い掛けてくる。

「迷惑《めいわく》掛けただろ」

「迷惑なんか掛けられた覚えはない。それより、謝らなくちゃいけないのは俺のほうだ」

「何で?」

助けてもらったことを感謝するにせよ、芹沢に謝ってもらうことなんてあっただろうか?

「何でって…お前な……。俺だって、あいつと同じようなことしただろう」

似合わない歯切れの悪い言葉を聞きながら、俺はゆっくりと瞬《まばた》きした。

「何?　もしかして、後悔《こうかい》してるの?」

「後悔してるさ。いくら塚崎から引き離したかったからって、あんな真似《まね》するべきじゃなかった」

足首の包帯は巻き終わったらしく、芹沢は俺の手を拾い上げ、痣《あざ》になっている部分をそっと撫《な》でた。

ぞくり、と体が震《ふる》えたことに気付かれていなければいいんだけど。

「別にそれは俺がいいって云ったんだし、気にしなくてもいいよ」

ここにいて苦痛に思うことなんて、一つもなかった。それどころか、楽しいとさえ感じていたくらいなんだから。

「だけど、そのせいで思い出したんだろう？」

芹沢は、俺の目をまっすぐ見つめ、ゆっくりと問い掛《か》けてくる。俺は驚《おどろ》きに目を見開いていた。

「――知ってるんだ？」

「……夢なんかで泣くなんて、と思って、調べさせてもらった」

悪いとは思ったが、と付け加えて。

……そっか、あのこと知っちゃったんだ。

だけど、あの記憶《きおく》が蘇《よみがえ》ってきた直接的な要因はそれじゃない。

『置いていかれたくない』と強く思ったからだ。

「でも、よくわかったね。揉《も》み消してあったのに」

「人の記憶は消せないからな。そのときにお前を診《み》た医者を問い詰《つ》めて吐《は》かせた」

簡単そうに云うが、けっこう骨な作業だったに違《ちが》いない。その医者を捜し当てるだけでも、相当手が掛かったはずだ。

「吐かせたって…無茶するね。それで、どこまで聞いたの？」

「――――」

軽い調子で訊《き》き返すと、芹沢は黙《だま》り込む。

確かに気安く話せるネタではないだろうけど。

「そんな困った顔しないでよ。聞いたからって、もう泣き出したりしないし」

「しかし」

「俺はあなたが何を知ってしまったのか知りたい」

そう云って促すと、芹沢はしばらく逡巡《しゅんじゅん》したあと口を開いた。

「お前が某《ぼう》代議士の隠《かく》し子だってこと、そのせいで誘拐《ゆうかい》されて乱暴されたこと、スキャンダルを恐《おそ》れて事件が揉み消されてしまったこと――俺が知ってるのは、このくらいだ」

苦々しい表情で、最後は事務的に云い切る。

もうこれ以上話すことはないと云わんばかりに、手当てを再開する、足首と同じ様に薬を塗り込められる手首は、微《かす》かに痛みを感じた。

「まあ、大筋はそんなもんか」

権力やら金やらで、ひた隠しにされてきた事実をそこまで知り得るのは、当事者以外にはほとんどいないだろう。それだけ調べられたなら褒《ほ》められていいはずだ。

でも、どうしてだろう？

誰《だれ》にも知られたくないような出来事なのに、俺は何故《なぜ》かほっとしていた。

「中学上がり立ての頃《ころ》かな…。もう、そんな前のことになるんだね」

気が付けば、そんな言葉が俺の口から漏《も》れていた。しみじみと呟く俺を芹沢は何とも云えない表情で見つめて。

「――冬弥？」

この人なら平気だ――直感がそう告げる。

同情されたいわけじゃない。

だけど、芹沢には全部知って欲しかった。

誰かから聞いた話ではなくて、俺の言葉で聞いて欲しくて。

「俺を誘拐したのって父親の私設秘書をしてた人だったんだ。普段《ふだん》は頭のいい優《やさ》しい人で、俺もすぐに懐《なつ》いて……今思えば、ちょっと好きだったのかもしれない…」

俺の言葉に、芹沢は眉間《みけん》に皺《しわ》を寄せる。

実際はどこかの先生のスパイで、俺の父親に失脚《しっきゃく》して欲しかったらしいんだけど。

だから、『いい人』だったのは偽《いつわ》りだったってこと。

信じていたからこそ、ショックだった。信頼《しんらい》している人に裏切られることがあるなんて、それまで考えもしなかったから。

「でも、もっとショックだったのは、脅迫《きょうはく》された父親が『そんな息子《むすこ》なんかいない』って云《い》ったことかな」

「そんなこと……」

足枷《あしかせ》になった途端《とたん》、簡単に見捨てられたのだ。

「父親の立場とか事情とか理解してるつもりだったけど、さすがに俺も驚いた」

絶句する芹沢を横目に淡々《たんたん》と続けた。溢《あふ》れてくる言葉を自分では止めようもなくて。

「まるで、ドラマだよね。で、思惑《おもわく》が上手《うま》くいかなかった秘書だった男も、まさかそんな展開になるとは思っていなかったらしくて……八つ当たりで犯《おか》されちゃった」

自嘲《じちょう》気味に笑うと、芹沢は自らの拳《こぶし》を握《にぎ》りしめ、何かに耐《た》えているようだった。

「正直どうしていいかわからなかった。抵抗《ていこう》する気も起きないくらい何度も犯されて、詰《なじ》られて……最後は閉じ込められてたところに置き去りにされたんだ」

あの悪夢は、恐怖《きょうふ》の再現。

暗闇《くらやみ》に独り取り残され、誰も助けに来てはくれない。

誰も俺を必要とはしていない。

むしろ、いないほうがいいのだと、あのとき思い知らされた。

「結局、自力で逃《に》げ出したんだけど、家に帰ってみれば、父親に迷惑を掛けるなって母親に怒られるしで、踏《ふ》んだり蹴《け》ったりってこういうこと云うんだろうね」

「まさか——お前を産んだ親だろう？」

「俺もまさかって思ったよ。けど、俺は望まれてできた子でもなかったみたいだから」

語ってみると、まるで他人事《ひとごと》のような出来事に思えてくる。

嘘《うそ》みたいな話でも、全《すべ》て真実なのだ。

「そんな家にもいたくなかったから、高校から一人暮らしを始めたんだ。家を出るのは簡単だったよ。事件のことを黙っててあげるからって云ったら、ぽんってお金くれて」

俺の口座に振込《ふりこ》まれていたのは、何年も遊んで暮らせるような大金。

それと、学生には過分なレベルのマンションを与《あた》えられた。

きっと、父親もちょっとは後ろめたかったんじゃないかって思う。

「そんな家、出て正解だ。お前がいる価値もない」

何故か悔《くや》しそうに云い捨てる芹沢に、少しだけ気持ちが軽くなった。

「うん、俺もそう思う。夜遊びするようになったのは、その頃からかな。一人でいると嫌《いや》なことばっかり考えちゃうから、ふらっと外に出てみたら楽しかったんだ」

人間関係は希薄《きはく》でいいし、みんな優しかったし——もちろん下心付きだったけど、逆に目的がはっきりしてくれてるほうが安心できたから。

実の親でさえ、ああなのだ。無償《むしょう》の愛情や優しさなんか、信じられるはずもない。

それでも、淋《さび》しかったから。

信じられない相手でも、一緒《いっしょ》にいれば一人でいるよりは気が休まった。

「…無理に笑わなくていい」

「無理なんかしてないよ」

もう、昔のことなんだし。思い出して気分のいいものじゃないけど、すでに割り切ったことだから。

「泣きたいときは泣いていいんだ」

ぐっと肩《かた》を引き寄せられる。

「別に、泣きたくなんか……あれ…？」

頬《ほお》に体温を感じた途端、涙腺《るいせん》が緩《ゆる》み、どっと涙《なみだ》が溢れてきた。顎《あご》を伝い落ちる暖かな雫《しずく》が、ぱたぱたとバスローブのタオル地に染《し》み込んでいく。

「ずっと、我慢《がまん》してたんだろ？」

「……俺は……」

「辛《つら》かったな。でも、もう一人で抱《かか》えてなくたっていいんだ。俺がついてる」

芹沢は次々に浮《う》かぶ涙を唇《くちびる》で吸い取っていく。目尻《めじり》に触《ふ》れる柔《やわ》らかな感触《かんしょく》に、ますます瞳《ひとみ》の奥が熱くなった。

「ダメだよ。同情でこんなことしないで」

俺は芹沢の胸を押し返し、腕《うで》の中から逃《のが》れようとする。

こんなに甘やかされたら、またあとで辛くなるじゃないか。

「同情なんかじゃない」

「誤魔化《ごまか》さないでいいよ。あんたには大事な人がいるんだろ？」

先程《さきほど》の申し訳なさそうな佳織の顔を思い出す。

芹沢の車に乗り込んだ俺に、ごめんなさいね、と頭を下げてくれた。

彼女は何も悪いことをしていないのに。俺がそう云うと、まだ夫婦《ふうふ》だからと毅然《きぜん》として答えていた。

おっとりとして、それでいて芯《しん》の強さを持ち合わせている——佳織の美しさは、きっと内面からのものなのだろう。

「誰のことを云ってるんだ？」

「好きなんだろ？　あの人のこと」

涙を堪《こら》え、袖口《そでぐち》で頬を拭《ぬぐ》い顔を上げ、あくまで恍《とぼ》けようとする芹沢に、云ってやった。俺が気付いてないと思ってるに違《ちが》いないから。

「誰が、誰を、好きだって？」

それでも認めようとしないなんて、往生際《おうじょうぎわ》が悪すぎる。

そんなに俺に云わせたいのか。

「だから、佳織さん」

「――――」

俺が彼女の名前を口にした途端、芹沢は思いっきり渋面《じゅうめん》を顔に作った。

何か、思ってた反応と違う…？

「激しく誤解してるようだから云っておくが、あれは俺の姉だ」

「へ…？」

姉って……お姉さん？

「そりゃ、姉としては大事だが、それとこれとは別問題だ」

俺は今まで生きてきた中で、一番間抜《まぬ》けな顔をして芹沢を凝視《ぎょうし》した。

「でも…だって、塚崎はあんたのこと知らなかったじゃないか」

「会ったことなかったからな。俺は元々あの結婚《けっこん》には賛成してなかったし、式の日は仕事が入って参列できなかったんだ」

いくら弁護士だからって、身内の結婚式に仕事を入れるもの？

相当、塚崎のことが初めから気に食わなかったってことだろうか…。

「さっき、そう云わなかったのは身内だと思われないほうが話が早いと思ったからだよ。…ったく、あんなのが義理の兄だと思うと虫酸《むしず》が走る」

どうやら佳織との結婚は見合いだったらしく、塚崎のほうは当然のことだけど、過去を隠《かく》していたらしい。婚姻《こんいん》にあたっての家同士の支援《しえん》やら何やらのやり取りの条件がよかった上に、表面上は人当たりのいい塚崎にすっかり騙《だま》されてしまったようだ。

「家庭内のいざこざに巻き込んでしまった形にはなったが、お前を手元に置いていたのは俺の傲慢《ごうまん》だ。悪かったと思ってる」

「だから、別に謝らなくても…」

「いいから聞け。塚崎から引き離《はな》せば、あいつがボロを出すのが早くなるだろうって思惑《おもわく》もあったが、お前にあの男の側《そば》にいて欲しくなかったんだよ」

「何で…?」

俺が問うと、芹沢はガクリと肩を落とした。

「……何で気付かないんだ」

「それって…」

「これでも、大事にしてたつもりなんだがな」

苛立《いらだ》ち半分、怒《いか》り半分の芹沢の低い声に、あり得ないと思っていた答えに辿《たど》り着く。

「もしかして……俺のこと好きなの…?」

「お前…知ってて避《さ》けてるのかと思ってたんだが、違うのか?」

俺の間の抜けた問い掛けに、芹沢は苦笑《くしょう》した。どうやら、怒りも通り越《こ》してしまったらしい。

「何だ……」

「何だ、はないだろう」

だって、あれだけ散々悩《なや》んだことが全部無駄《むだ》だったってわかったのだ。

へなへなと気が抜けていくような気分になる。

「…あの日、雪の中で蹲《うずくま》ってたお前に見惚《みと》れて、本当はあの場で連れ去ってやろうかとも思ったぐらいなんだ。でも、そんなことしたら犯罪だろう。だから猫《ねこ》で堪えた。もしかしたら、それが何かのきっかけになるかもしれない、ってな」

「覚えてたんだ…？」

「当たり前だ。偶然《ぐうぜん》の再会も、お前に声を掛《か》けられた瞬間《しゅんかん》も、祈《いの》りもしない神に感謝したくらいだからな」

てっきり芹沢は気付いていないものだと思ってたのに…。

「だ…だったら、何で金なんか置いていったんだよ!?」

人のことウリ扱《あつか》いしたくせに！

「あれは……ただの意趣返《いしゅがえ》しだ」

「は？」

「お前にあんな態度取られて平気でいられたと思うか？　ああでもしなかったら声を掛けられてノコノコついていった自分を納得《なっとく》させられなかったんだよ」

苦々しく吐《は》き出される芹沢の言葉に唖然《あぜん》となる。

じゃあ、あの日『遊び』と云《い》った俺に怒りを見せたのは――芹沢が最初から『本気』だったから……？

「――冬弥？」

「嘘《うそ》だろ……」

芹沢の側から離れるしかないと、さっき覚悟《かくご》まで決めてきたばかりだというのに。こんな展開は予想もしていなかった。

振《ふ》り向かせることなんてできないと思ってたから、どうやったら諦《あきら》められるだろうって、ずっと考えてたのに……。

「嘘じゃない。俺は、初めからお前が好きだった」

真面目《まじめ》な声でそう云われれば、じわりと胸が熱くなる。

芹沢は目尻に残る涙を舐《な》め取り、一度ぎゅっと俺を抱《だ》きしめたあと、子供に諭《さと》すように俺に云い聞かせた。

「とりあえず、今日のところはゆっくり休んでいろ」

「え？」

「欲しいものがあるなら、買ってくる」

誤解が解け、気持ちが通じ合ったばかりだというのに、どこへ行くと云うのか。

俺は立ち上がった芹沢の服を引っ張り、上目《うわめ》遣《づか》いに睨《にら》み付ける。

「そんなの一つしかないだろ？」

「……冬弥」

むくれた表情で訴《うった》えると、芹沢は明らかに困った顔をした。

「わかってるくせに、はぐらかさないでよ」

「だが、お前は怪我《けが》をしてるんだぞ」

瞳の奥に迷いが見えた。こんなときに理性なんか働かさないで欲しい。

欲しがってるのは、俺だけじゃないはずだろ？

「そんなの関係ない」

「あんまり、わがままを――」

「……気持ち悪いんだよ」

聞き分けのない芹沢に、脅《おど》し文句を突《つ》き付けた。

芹沢に云わせれば、聞き分けのないのはどちらなのかといったところだろうけど。

「どこか行くんだったら、あいつの感触《かんしよく》、全部消していってからにして」

「冬弥」

「……もう、あんたの付けた跡《あと》、なくなっちゃったんだからね」

これでダメなら、押し倒《たお》してやる。諦める必要がないと知った今、遠慮《えんりよ》することなんて一つもない。

射るような視線で、じっと見つめると、はあ、と芹沢は深いため息を吐《つ》いた。

「……人がせっかく我慢《がまん》してやってるのに」

顎《あご》を取られ、くっと顔を持ち上げられる。

するりと指先が首筋を滑《すべ》り、つ…っとその輪郭《りんかく》を辿っていく。

「そんなこと、できる人だったんだ？」

「云ったな。——人を煽《あお》った責任は取ってもらうぞ」

挑《いど》むような目付きに、俺は艶然《えんぜん》と微笑《ほほえ》み返してやった。


全身くまなくキスされて、すっかり体が蕩《とろ》けてしまっていた。時間を掛けて唇《くちびる》で触《ふ》れられた部分は、どこもかしこも熱くて、とろ火で肌《はだ》の下から炙《あぶ》られているような感じだ。

押し当てるようなキスだけで、こんなにも体が熱くなるものだろうか？

恭《うやうや》しく手を取られ、最後の一本に口づけられるのを、ヘッドボードに寄り掛かった格好でぼんやりと眺《なが》める。

「これで終わりだな」

芹沢は涼《すず》しい顔をしたまま、キスを終えた俺の手をそっとシーツの上へと下ろした。一糸纏《まと》わぬ姿を晒《さら》している俺とは対照的に芹沢はきっちりと服を着込んだままだった。

「え…？」

熱に浮《う》かされた思考は、何を云われたのか即座《そくざ》に判断できなくなっている。

「消毒は終わりだと云ったんだ。もう、残ってないだろう？」

「……あ……」

そうか。あいつの感触を消して欲しいと云ったのは、自分だった。

押し当てられる唇の熱さに、途中《とちゅう》からそんな考えはどこかに消え失《う》せてしまっていた。無理に思い出そうとしても、もう芹沢の温度しか覚えていない。

だけど、これで終わりだなんて嫌《いや》だ。もっと……もっと、芹沢を感じたい。

「ダメ、もっと…まだ、足りない」

力の入らない腕《うで》を差し出すと、くすりと密《ひそ》やかに笑われた。

その余裕《よゆう》が悔《くや》しくて、俺は頭を引き寄せキスを乞《こ》う。口を薄《うす》く開いて顔を傾《かたむ》けると、望み通り唇がしっとりと重ねられ、吐息《といき》が甘く絡《から》み合った。

「ん…、ふ……っ」

重なった唇の隙間《すきま》から熱くぬめった舌先が入り込んできた。ざらりとした表面が、上顎や歯《は》茎《ぐき》の裏を舐め上げる。

ぞくぞくとする甘美な痺《しび》れに体中が麻痺《まひ》していく。負けじと舌を絡ませると、飲み下せない唾液《だえき》が唇の端《はし》から溢《あふ》れていった。

「…ぁ、ん……」

開いた足の間に芹沢を誘《さそ》い込み、しっかりと頭の後ろに腕を回し、口づけを深くする。腰《こし》を抱かれ、密着する体はずるずるとヘッドボードに立て掛けた枕《まくら》の上を滑っていった。

組み敷《し》かれた体勢になったあとも、角度を変え、貪《むさぼ》るようにキスを繰《く》り返す。

「…芹沢…さん…？」

息継《いきつ》ぎに唇を離《はな》し、そっと目蓋《まぶた》を開けると情欲の火が灯《とも》った瞳《ひとみ》が俺を見下ろしていた。熱い吐息で呼び掛けると、芹沢の目が細められる。

俺がその端整《たんせい》な顔立ちに見惚《みと》れている隙《すき》に、芹沢は着ていたシャツのボタンを片手で外し、ばさりと脱《ぬ》ぎ捨てた。

「……あ……」

明かりの下、露《あらわ》になった肉体はしなやかな筋肉で形作られており、やはりまた目を奪《うば》われてしまう。今の芹沢は、スーツを着ているときのストイックな雰囲気《ふんいき》とは対照的に、滴《したた》るような色気を纏っていた。

「そう云えば、まだ診《み》てないところがあったな」

俺の上に覆《おお》い被《かぶ》さろうとしていた芹沢は、ふとその動きを止め、思い出したかのように云った。

微《かす》かに持ち上げられた唇の端《はし》が、目に映る。

「お前の中は消毒が済んでないだろう?」

「…っ」

中、と云われて思い出すのは、あの場所しかない。

何度も弄《いじ》られ、貫《つらぬ》かれたことだってあるのに、何故《なぜ》か羞恥《しゅうち》に頰《ほお》を染めてしまった。

何で、今さら照れなくちゃいけないんだよ……。

自分の意外な反応に戸惑《とまど》ったけれど、よく考えてみれば自分の気持ちを自覚してから抱かれるのは、これが初めてなのだ。

以前よりも敏感《びんかん》なのも、ヘンに意識してしまうのもそのせいなのかもしれない。

「……云い方がやらしいよ」

照れ隠《かく》しに呆《あき》れた口調を装《よそお》ってみたが、期待に疼《うず》く体は抑《おさ》えきれなくて。

「やらしいことをしてるんだろうが。ほら、俯《うつぶ》せになって腰を上げてみろ。ちゃんと中まで綺《き》麗《れい》にしてやる」

「…ん」

躊躇《ためら》いがちに体を返し、おずおずと腰を上げた。

「傷はついてないようだな」

芹沢は突き出した腰を検分して云う。

塚崎には何度か手荒《てあら》く扱《あつか》われたが、どうされようと反応を見せない俺の体をムキになって愛撫《あいぶ》した。

後ろも執拗《しつよう》に弄られたせいでヒリつくことはあったけれど、皮肉にもそのお陰《かげ》で酷《ひど》い痛みを感じるほど傷付くことはなかった。

「……っ」

まだ硬《かた》く窄《つぼ》まった入り口に、芹沢の指先が触れる。そっと触《さわ》られる感触に、思わずびくりと体が跳《は》ねた。

枕に顔を埋《うず》めているせいで、状況《じょうきょう》がよくわからない。そのことが感覚を鋭敏《えいびん》にさせる。

「中も確認《かくにん》してやろう」

そう云われた直後、蕾《つぼみ》に濡《ぬ》れた何かが触れる。

「…っあ!」

……芹沢の舌だ。

暖かな舌先は、秘《ひ》めていたその場所を柔《やわ》らかく這《は》い回る。丹念《たんねん》に、それでいて執拗に舐《な》め溶《と》かされていく快感に俺の体はうち震《ふる》えた。

ぴちゃぴちゃと聞こえてくるいやらしい水音が鼓膜《こまく》を犯《おか》して。それだけで、今にも全身が蕩けて崩《くず》れ落ちてしまいそうになった。

「…んっ、や……ぁ……」

尖《とが》らせた舌先で硬《かた》く閉《と》ざした入り口を突《つ》ついては、その周りを指で揉《も》み解《ほぐ》す。

「痛いところはないな？」

濡らされた窄まりを指で左右に開かれ、問い掛《か》けられた。そんな場所を凝視《ぎょうし》されているのかと思うと、カッと顔が熱くなった。

「へい……き、あ……んっ」

芹沢は問い掛けの答えを待たず、開いたその中へぬるりと舌先を忍《しの》び込ませた。

まるで別の生き物のようなそれは、浅い部分で出入りを繰り返す。じわじわと奥へ入り込み、それ以上の侵入《しんにゅう》を拒《こば》まれては優《やさ》しくなだめすかし、更《さら》に深くを探《さぐ》っていった。

「い……や、あ……ぁ………」

体を内側から舐められる感覚に、甘い吐息を零《こぼ》す。下腹部に溜《た》まった熱が疼きに変わり、俺の体はもっと明確な刺激《しげき》を欲しがった。

「もっと…っ」

「もっと、どうして欲しいんだ？」

「……奥も…ちゃんと調べてよ……」

すっかり上がってしまった呼吸の中、たどたどしく告げる。

「そうだな、確認しないとな」

舐め溶かされた入り口に、舌とは違《ちが》うものが押し込まれた。反射的に内部の粘膜《ねんまく》が絡み付き、その形を伝えてくる。

節の太い芹沢の指が、ズッ、と一気に奥まで貫いた。

「ぁあ…ッ」

根元まで入ってしまったのか、今度はゆっくりと抜《ぬ》け出ていく。何度かそれを繰り返し、指を内部に馴染《なじ》ませると、くちゅくちゅとかき混ぜる様に動かし始めた。

「は…っ…、あ…ぁ……んんっ！」

「ここはどうだ？」

内壁《ないへき》をくっと指先で押しては、そう訊《き》いてくる。

「痛く…な……、…っ」

「こっちは？」

「あ…っ、そ…こ……イイ…っ」

一際《ひときわ》感じる場所を押され、思わずそんな言葉を口走っていた。

芹沢もわかっていて、そんなことを訊いてきているのだろう。揶揄《やゆ》を含《ふく》んだ声音《こわね》で、問い直される。

「痛くないかと訊いてるんだぞ？」

「…痛く、ない……あ、やぁ…ッ」

ぐりぐりと同じ場所を執拗に弄くり回され、気持ちよさに溺《おぼ》れていく。勝手に揺《ゆ》らめく腰は、指を芹沢は静止させた。

快感をもっと得ようとする証《あかし》。

「そんなふうにされたら確認できないだろう？」

欲望に貪欲《どんよく》な体を笑われたけれど、蔑《さげす》んだ色はない。だけど、意地悪く内部で蠢《うごめ》かせていた指を芹沢は静止させた。

「や…っ!?」

「次はどうして欲しい？」

そんなこと、訊かなくてもわかっているくせに。すでに俺の体を知り尽《つ》くしているというのに、敢《あ》えてそう尋《たず》ねてくる。

これ以上、焦《じ》らされたらおかしくなってしまう。

「も…いい…っ、いい、から……して…っ…」

体の欲求を素直《すなお》に口にすると、足の間に芹沢の手がするりと忍び込んできた。反応しきった俺の中心はその指に包まれ、一瞬《いっしゅん》、びくりと震える。

「あ……っ」

やんわりと昂《たかぶ》りの形をなぞられ、もう先端《せんたん》が潤《うる》み始めていることを知らされた。

「こんなにして……。相変わらず、いやらしい体だ」

とろとろと溢《あふ》れる蜜《みつ》を括《くび》れた部分に擦《なす》り付けるように指が動く。弄られれば弄られるほど、ひくひくと欲望は震え、嵩《かさ》を増していった。

「今さら…っ…」

幾度《いくど》となく、こうして自分を乱し政略してきたくせに——そんな思いを込《こ》めて反論する。

「あいつに触られても、反応したのか…？」

「——っ」

意外にも、口調に苦いものが混じっていた。

——それは芹沢がずっと押し隠していた嫉妬《しっと》だった。

滾《たぎ》るような瞳《ひとみ》の奥の炎《ほのお》は、隠し切れていなかった激しい感情の一片《いっぺん》だったのだろう。

「こんな淫《みだ》らな姿をあいつに見せたのか？」

「…ぁあ……っ！」

中心を長い指で扱《しご》かれ、同時に後ろも掻き混ぜられる。云い様もない快感に、嬌声《きょうせい》がひっきりなしに漏《も》れた。演技で過剰《かじょう》に喘《あえ》いでいるのではない。自然と溢れてしまうのだ。

「…っ、そ…なの、見せて…ない…」

芹沢を知ってから、他の男の腕《うで》の中で乱れたことなんて一度もない。

無理矢理に塚崎に触《ふ》れられても、嫌悪《けんお》感しか湧《わ》かなかった。

「どうだか。こんな淫乱《いんらん》な体をしてるくせに」

俺を詰《なじ》る低い声すら、体の中枢《ちゅうすう》を疼《うず》かせる。前と後ろを同時に攻《せ》める指も、更に俺を追い詰《つ》めて。

「俺…もう、あんたじゃな…と、感じな……っ…、あぁっ」

張り詰めた中心をその手の中でぎゅうっと握《にぎ》り込まれ、痛みともどかしさに一際高い声が上がる。塞《せ》き止められた欲望が、体内で荒《あ》れ狂《くる》った。

体中の血液が逆流しているような感覚に身悶《みもだ》える俺に、芹沢は傲慢《ごうまん》な反抗《はんこう》を許さない声音で命令する。

「いいか？　二度と他の奴《やつ》に体を触れさせるなよ」

「…んなの…っ、決まって……ぁんっ」

先端の窪《くぼ》みを爪《つめ》で引っ掛かれ、甘ったるい声を上げてしまった。根元はキツく締《し》め付けられたまま、後ろを掻《か》き回す指が増やされる。

「そう誓《ちか》えるか？」

「んっ、は…っ…ぁ……」

「約束できるなら、欲しいものをやろう」

「…誓う…から……っ、…あ……っ」

柔らかく蕩《とろ》けた蕾《つぼみ》から指がずるりと引き抜かれ、喪失感《そうしつ》に苛《さいな》まれる。だが、すぐに熱いものが押し当てられ、次に与《あた》えられる快感への期待にゾクゾクと四肢《しし》が震えた。

俺の体液でベトベトになった手が、腰骨《こしぼね》の上に添《そ》えられる。

「ぁあ……っ！」

突き上げていた腰をぐっと引き寄せられ、芹沢の昂りの先端が入り込んだ。その瞬間《しゅんかん》、電流のような甘い痺《しび》れが全身を駆《か》け巡《めぐ》る。

「や……ぁ……あぁ……ッ」

少しずつ埋《う》め込まれる熱の塊《かたまり》に擦《こす》られ、内壁が蕩けていく。苦しいほどの質量だったが、体内を満たされる充足感《じゅうそく》が勝《まさ》り、苦痛には思わなかった。

「キツいな。少しは緩《ゆる》められるだろう?」

「できな…っ…」

蕾をいっぱいに拡《ひろ》げ入り込んだ男の怒張《どちょう》に粘膜が絡《から》み付き、勝手に締め付けてしまうのだ。ずっと、ずっと欲しくて堪《たま》らなかった快楽を浅ましく貪《むさぼ》る体を抑《おさ》える術《すべ》なんて、俺は知らない。

もう、少しだって待ち切れなかった。

「ね…、早く…動いて……」

「好きなところを突《つ》いてやるから、力を抜きなさい」

「い…から……っ」

淫らに腰を揺らめかせると、微《かす》かな笑いの振動《しんどう》が繋《つな》がった部分から伝わってきた。

「仕方のない。後で辛《つら》くても知らないぞ」

芹沢は、そう云《い》って奥深くを思い切り突き上げた。

「あぁぁッ!!」

待ちわびた快感に、瞳の端《はし》に涙《なみだ》が浮《う》かぶ。溢れた涙が、顔を押し付けた枕《まくら》に染《し》み込んでいった。

深々と貫《つらぬ》く楔《くさび》が、捩《ね》じ込むようにして狭《せま》い器官を擦り上げる。その恐《おそ》ろしいほどの気持ちよさに、俺はまるで気が狂うかのようだった。

「あ、あっ、や…っ、ん、んんー…っ」

繰《く》り返される抜き差しに悦楽《えつらく》の波が大きくなる。荒々《あらあら》しく掻き回される体内は蕩けきって、淫らな水音を立てていた。

弱い場所を擦られ、最奥《さいおう》を突き上げられ、貪欲に男を締め付ける。与えられる刺激《しげき》を一つ残らず拾い上げようと、全神経が芹沢へと向けられていた。

「…っ、んっ……いい…、もっ…と…」

「お前の望むだけ、くれてやる」

「やぁッ、あ、ぁう……っ」

感じる場所ばかり責められて一層甘やかな声が上がる。男の欲望を受け入れた器官は、ヒクヒクと悦《よろこ》びに打ち震《ふる》えた。

「そのかわり――――わかってるだろうな、冬弥?」

芹沢が呟《つぶや》く。名前を呼ばれるだけで、狂《くる》おしいほどに胸を掻き乱される。

「体も心も……お前は俺のものだ」

思わぬ素直《すなお》さで見せつけられた独占欲《どくせんよく》に、胸がいっぱいになった。

不遜《ふそん》な物云いでさえ、今は愛《いと》おしい。

「……んっ、も……離《はな》さ……ないで……、ぁあ、あ…ッ」

「誰《だれ》にもやるものか」

律動が激しさを増し、止め処《ど》ない快感に内腿《うちもも》が突っ張るほど両足に力が入る。

「ひぁ…っ、あー…っ…」

もう、離れない。ずっと、側《そば》にいる。

いっそこの人になら、繋がれていても構わない。

「――冬弥」

「あ――」

体の奥で欲望が爆《は》ぜ、暖かなものが注ぎ込まれる。

――愛してる。

快楽の波に攫《さら》われながら、そんな呟きを聞いた気がした。

9

カランカラン、と涼《すず》やかな音を響《ひび》かせて店内に入ると、奈津生さんが柔《やわ》らかな笑顔《えがお》で出迎《でむか》えてくれた。

「いらっしゃいませ。…あれ？　冬弥さん、久しぶりですね」

「うん、ご無沙汰《ぶさた》」

『事件』の直後、店で見せた醜態《しゅうたい》を詫《わ》びに芹沢と共に訪《おとず》れたのが最後だから、ここに来るのは実に数週間ぶりかもしれない。

あの後、塚崎は奥さんと離婚《りこん》が決定し、表向きは『色々な事情』から教授の地位を追われ大学を辞《や》めてしまった。自ら辞表を書いたのか、それとも何らかの力が働いたのかは分からないが、取り敢《あ》えず全《すべ》てのことに芹沢が関《かか》わっていたことは間違《まちが》いないだろうと俺は思ってる。

やはり芹沢の実家はかなりの資産家らしく、そういった事情から、塚崎も奥さんとなかなか離婚しようとしなかったらしいんだけど。さすがに現場を押さえられてしまっては、云い訳もできなかったようだ。

「今日は一人なんですか？」

多分、奈津生さんは芹沢のことを云ってるんだろう。前回来たときに、ついうっかり『恋《こい》人《びと》』として芹沢を紹介《しょうかい》してしまったから。でも、今日はあいつとは一緒《いっしょ》じゃない。

「ううん」

そう告げた俺の胸元《むなもと》から覗《のぞ》かせた黒い顔に、『え？』と奈津生さんは目を丸くした。

「会いたいって云ってたから、連れてきちゃった」

ダウンの中に抱《だ》いた赤い首輪を付けた小さな仔猫《こねこ》は、しっかりと俺のセーターに爪を立てて摑《つか》まっている。初めての外出に、緊張《きんちょう》してるみたいだった。

「可愛《かわい》らしいお連れさんですね。もしかしてこの子が？」

「そう、ウチの愛娘《まなむすめ》。可愛いだろ？」

親バカ丸出しで自慢《じまん》する。だけど、どんな言葉で形容しても、実際の可愛らしさには敵《かな》わない、と本気で思ってるあたり俺も始末に負えない。

「本当だ。噂《うわさ》に違《たが》わず美人ですね。御《ご》注文はミルクでいいですか？　冬弥さんはいつもので？」

「それでお願い」

俺はユキをカウンターに下ろし、ダウンジャケットを脱《ぬ》いで指定席に腰掛《こしか》ける。

細いリードを引っ張り、知らない場所に興味津々《しんしん》で駆け出そうとするユキを引き止めた。

今日の芹沢はマンションで一人留守番——というか、放置。

約束をしていた芹沢の仕事が夕方になっても終わらず、日曜だというのに一日待たされっぱなしだった俺たちは、声を掛《か》けても生返事しか返さない芹沢に業《ごう》を煮《に》やして、こっそりとマンションを出てきてしまったのだ。

もしかしたら芹沢は、俺達がいないことにすら、まだ気付いていないかもしれない。

「いい子にしてなさい。今日はお客さんなんだからな？」

諭《さと》すような口調で語り掛けると、カウンターの中の奈津生さんがくすりと笑った。

「何？　それ、冬弥さんの猫？」

「小さいなあ、まだ仔猫なんだ。かわいー」

カウンターに座っていた顔見知りの客が、ユキを見つけて話し掛けてくる。

「だろ？」

褒《ほ》め言葉に満足して微笑《ほほえ》むと、周りは揃《そろ》って苦笑《くしよう》した。

「冬弥さんのそんな顔、初めて見た」

「え？　どんな顔してる？」

「いかにも、メロメロですって感じ」

そうそう、ともう一人も頷《うなず》いた。

そんなわかりやすい顔をしていただろうか？　でも、本当にメロメロなんだから仕方がない。

芹沢とどっちが大事かって云われたら、今ならきっと俺は迷わず『ユキ』って答える。

「名前は何ていうの？」

「ユキ。こら、女の子なんだから、気安く触《さわ》るなよ」

「おっかないなあ」

伸《の》びてきた手を振《ふ》り払《はら》うと、わざとらしく怯《おび》えた態度を取られる。

「何で黒猫なのに『ユキ』なんですか？」

カクテルグラスとミルクの入った皿を出しながら、奈津生さんが訊《き》いてきた。

「え？　ああ、それは――」

……あいつと出逢《であ》ったあの日に、雪が降ってたから。

なんて、自分の乙女《おとめ》チックなネーミングセンスに吹《ふ》き出してしまいそうになるけど、けっこう似合ってるんじゃないかなって、俺はこっそり思ってる。

「何笑ってるんですか？」

「内緒《ないしょ》」

そう云った瞬間《しゅんかん》、突然《とつぜん》バーのドアが乱暴に開けられた。すると、音のしたほうを向いたユキが嬉《うれ》しそうに、にゃあと鳴く。

「……どこに行ったかと思えば！」

「あれ？　どうしたの？」

つかつかと勢いよく近寄ってくる不機嫌《ふきげん》な表情の芹沢に、俺はにっこりと微笑み掛けてやる。

「……ったく、いい子にしてろと云《い》っただろうが……」

「煩《うるさ》いな」

どう考えたって、今日のことが芹沢が悪いんじゃないか。

塚崎のことが落ち着いたとはいえ、しばらくは注意しておいたほうがいいと云う芹沢の言葉に従って、俺はここのところかなり大人しい生活をしていた。

目の届かないところにいくな、って云うから、それだってなるべく聞いてやっていたっていうのに、仕事優先で約束を破った芹沢が悪い！

「帰るぞ」

「嫌《いや》だ。仕事が終わったあとで、出直してきなよ」

つん、と顔を逸《そ》らす。

「わがままを云うな」

「どっちがわがままなんだよ。…って、わっ！」

言葉で云い聞かせるのを諦《あきら》めた芹沢は実力行使に出てきた。

勝手にカウンターの椅子《いす》をくるりと回すと、俺の体をひょいと肩《かた》に担《かつ》ぎ上げやがったのだ。

「邪魔《じやま》したな。支払《しはら》いは今度でいいか？」

「はい、構いませんよ」

面喰《めんく》らっている他の客とは違い、奈津生さんはすっかり慣れたものだ。いきなりの展開に驚《おどろ》きもせず、にこにこと微笑むばかりで。

芹沢はついでのように俺のダウンジャケットとユキを拾い上げると、扉《とびら》を開けて外に出る。

「ちょっと。扱《あつか》いが悪くない？」

いつまで経《た》っても下ろしてはもらえない。まるで、荷物のように運ばれることに対し文句を云うと、芹沢は憮然《ぶぜん》とした声を云い返してきた。

「云うことを聞かないのが悪いんだろう。帰ったらお仕置きだ」

平淡《へいたん》な口調が怒《いか》りの度合いを示している。これは怒《おこ》っているというより、拗《す》ねているほうが近いかもしれない。

これなら、仕返しは成功ってところだろうか？

「――心配した？」

「当たり前だ」

車の前で下ろされて、でも腰《こし》から手が離《はな》れていかない。顔を覗き込みながら云った問い掛けに期待通りの答えが返ってきたことに満足し、俺はこっそりとほくそ笑《え》んだ。

続けて、にゃーとユキの鳴き声が聞こえてくる。

「帰ったら、本当に躾《しつ》け直してやる」

「ご自由にどうぞ」

「――まったく…」

むしろ大歓迎《だいかんげい》と云わんばかりの俺の態度に、芹沢は問答無用に唇《くちびる》を塞《ふさ》いだのだった。

反撃トラップ

Hangeki Trap

「……来てたのか」

書斎《しょさい》から疲《つか》れた顔で出てきた芹沢は、俺の姿を見て、少しだけ驚《おどろ》いた表情を浮《う》かべた。

「悪い？」

ソファーに寝転《ねころ》がりながらオモチャの猫《ねこ》じゃらしを手にユキと遊んでいた俺は、近づいてきた芹沢からふいっと視線を逸《そ》らす。

「このところ、いくら云ってもなかなか顔を出さなかったくせに、どういう心境の変化だ？」

芹沢と顔を合わせたのは、先週の土曜が最後だった。

だからなかなかって云っても、会っていなかったのはたったの数日なんだけど……。

「あのね、俺は後期試験で忙《いそが》しいってちゃんと云ったはずだけど？　あんただってうちの大学の講師もやってるんだから、授業のスケジュールくらい把握《はあく》してるだろ？」

「ああ。そういえば試験の時期か。それでもう終わったのか？」

「……日程も覚えてないわけ？　明日から試験休みで、追試がなければそのまま春休み」

「俺のところはレポート提出しかさせてないから忘れてたんだよ。それでお前、追試はありそうなのか？」

「ちょっと…それ俺に云ってるの？　バカにするなよ」

元々授業は真面目《まじめ》に聴《き》いているほうだし、諸事情あって休んでいたときの出席は誰《だれ》かが代返してくれていた上に、『困ったな…』と呟《つぶや》いただけでノートを貸してくれるような奴《やつ》までいたから、レポート課題も試験も難なくクリアできた。

と云うか、この俺が追試なんて情けないことになるわけないじゃないか。

「だから、しばらくはいっぱい遊んであげられるからな、ユキ？」

芹沢に対する口調とはうって変わった甘やかすような優《やさ》しい声音《こわね》で、俺は愛猫《あいびょう》に話し掛《か》ける。

「……嘘《うそ》でも、俺に会いに来たとか云えないのか？」

「何で俺がそんなこと云って、あんたの機嫌《きげん》取らなくちゃいけないんだよ」

「何でって……まあいい。ユキも退屈《たいくつ》してたからな、たくさん遊んでやってくれ」

「云われなくても、そうするよ」

「にゃあ」

嬉《うれ》しそうに鳴く様子に、俺は満足して止まっていた手を再び動かし始めた。

猫じゃらしを揺《ゆ》らすとぴくりと耳が動き、しばらくうずうずとしたあとユキは「ふみゃっ」と目を輝《かがや》かせて飛び掛かってくる。

すると、遊んでいるユキをじっと見つめていた芹沢がぽつりと呟いた。

「そういえば、どうしてこいつの名前は『ユキ』なんだ？」

「はい？」

「由来を訊《き》いてなかったな、と思ってな」

「……そんなの、どうでもいいじゃん」

いきなり何を云い出すかと思えば……今更《いまさら》、そんなこと訊いてくるなよな…。

自分で決めたことはいえ――――こいつとユキに初めて出逢《であ》った日に『雪』が降ってたから、
そんな夢見がちな女の子が考えるような名前の由来なんて、そんな恥《は》ずかしいこと誰にも云えるはずないじゃないか。

芹沢にだって、云ったら柄《がら》じゃないと思いきり笑われるに決まってる。

「やっぱり、何か理由があるんだな」

「……ないよ。ただ何となく」

「だったら、どうして俺の顔を見ようとしないんだ？」

簡単には流されてくれない芹沢に、俺は心の中でちっと舌打ちしながら恍《とぼ》け続けた。

「あんたのなんて、見て楽しい顔じゃないからだよ」

「嘘をつけ。この顔が好きなくせに」

何なんだ、その自信満々な口調は。

……まあ、悔《くや》しいことに事実そうなんだけど、こうやって云い切られるとちょっとムカつく。

「お前のことだ、黒いから『雪』だなんて捻《ひね》くれた名前をつけたのかと思ったんだが」

「まあ、あたらずとも遠からずだけど、そう思いたければそう思っておけば？」

ちょっとヤケになってそう云ってしまってから、ヤバかったかなと思ったけれど、意識すれば勘付《かんづ》かれてしまう。俺はそう判断して、ユキと遊ぶことに夢中なふりをした。

「雪、か……」

そう呟きながら、芹沢はキッチンへと足を向ける。

ようやく追及《ついきゅう》の手が弛《ゆる》んだことにほっとしていると、やがて淹《い》れ立てのコーヒーの芳醇《ほうじゅん》な香《かお》りが漂《ただよ》ってきた。

「お前も飲むだろう？」

「あ、ありがと」

美味《おい》しそうな香りに誘《さそ》われて、ローテーブルに置かれたカップに手を伸《の》ばそうとしたそのとき、芹沢は何気ない調子で呟いた。

「そういや、あの夜以来このへんじゃ雪降ってないな」

「――――！」

別にどうってことない会話のはずなのに、俺としたことが一瞬《いっしゅん》ギクリとしてしまう。

「冬弥？」

「…そーだ、そろそろユキのご飯あげなくちゃな――って、何してるんだよ」

立ち上がりキッチンに逃《に》げ込もうとした俺を、芹沢は腕《うで》を摑《つか》んで引き止める。そして芹沢は、手を摑んだまま、ソファーに腰《こし》を下ろした。

「『何となく』、な」

さっきの云った自分と同じ台詞《せりふ》を、楽しげな口調で云われて俺はむっとする。

「放してよ。ユキのご飯作ってくるんだから」

「あいつはまだ腹減ってなさそうだぞ？　それより、何をそんなにビクビクしてるんだ」

「そっ……んなことないよ」

思いきり否定しかけた勢いを抑《おさ》え込み、必死に落ち着いた態度を装《よそお》おう。

「放してって云ってるんだけど」

「嫌《いや》だ」

「う、わ…っ」

力いっぱい腕を引かれバランスを崩《くず》した俺は、背中からソファーに――――いや、芹沢に倒《たお》れ込み、不自然な体勢で後ろから抱《だ》きしめられることになってしまった。

「あの夜は寒かったな」

「……っ！　そんなの覚えてない……」

――バレた…絶対…。

顔を覗《のぞ》き込まれるようにして囁《ささや》かれ、俺は悔し紛《まぎ》れにふいっと目を逸《そ》らす。

あの夜に出逢ったことも、『ユキ』と名前を付けたことも後悔《こうかい》はしていないけれど、芹沢に知られたことが気恥《きは》ずかしくていたたまれない。

「俺は覚えてる。初めてお前を見つけたのは、ちょうど雨が雪に変わったばかりの頃《ころ》だった」

「知らないって……云ってるだろ…」

「お前が覚えてなくてもいいさ。俺が一生忘れないだけだ」

「……恥ずかしい奴」

「何とでも。あのお陰《かげ》でお前に会えたんだ——本当に……出会えてよかった…」

「芹沢…」

笑い飛ばしてやりたいのに、何故《なぜ》かドキドキとしてしまってそんな余裕《よゆう》も出てこない。

……今、こいつはどんな表情をしてるんだろう?

そう思って顔を上に向けると、芹沢の顔が逆さまに見えた。

やっぱり、ムカつくくらいいい男だよな。どんな角度から見てもカッコいい…。

「——冬弥」

ぼんやりと見つめていると、視界が不意に翳《かげ》った。

「あ……」

薄《うす》く開いていた唇《くちびる》がしっとりと包まれる。降りてきた逆向きからのキスはぎこちなくて、いつもと違《ちが》う趣《おもむき》があるせいか、俺はすっかり夢中になってしまった。

「……っん、ぁ…ん……」

伸ばした腕で芹沢の頭を引き寄せ、更《さら》に深く舌を絡《から》ませる。煙草《たばこ》とコーヒーの味のするキスに、俺は容易《たやす》く陶酔《とうすい》していってしまう。

「は……っ、んん……」

「にゃ？」

「「……！」」

もどかしい体勢に体を捩《ねじ》ろうとした俺は、愛らしい一声に我に返る。

同じくギクリと体を震《ふる》わせた芹沢を押しのけ頭を起こしてみると、いつの間にかユキが俺の体を上ってきていたのだ。

ユキにしてみれば、自分を放《ほう》って二人でじゃれているようにでも見えたのかもしれない。だからと云《い》って、本当のことを云ったってユキにわかるわけもなく、俺はぷっと吹《ふ》き出してしまった。拗《す》ねたような目付きで見つめられたら、降参するしかないじゃないか。

「あはは、ごめんごめん。仲間外れにしたわけじゃないんだよ」

「みゃー」

「何？　それともお腹空《なかす》いた？」

そう尋《たず》ねると質問の意味がわかったのか、にゃーにゃーと催促《さいそく》してくる。

「はいはい、ちょっと待っててね。――――ほら、放してよ。ご飯の用意してくるんだから」

「……またか……その気にさせといて、お前それはないだろう」

「大人なんだから、拗ねないでよ。みっともないねー、ユキもそう思うだろ？」

「にゃあ」

「お前らなあ……」

ソファーに一人おいてけぼりをくらった芹沢は、恨《うら》みがましい目で俺を睨《にら》んでくる。

「しばらくはお預け。わがまま云ってると泊《と》まらず帰るよ？」

「っ……わかったよ…。だが、いいか――」

「『今夜は覚悟《かくご》してろよ』」

「！」

「『朝まで放してやらないからな』」

俺がお約束の台詞を奪《うば》ってそう云ってやると、芹沢は憮然《ぶぜん》とした表情を見せた。

ざまぁみろって云うんだ。俺だって云われっぱなしなんかじゃないんだぞ。

どうせベッドでは手玉に取られてしまうのはわかってる。だから、それ以外での主導権くらい渡《わた》したくない。

「……ったく、お前にはかなわないな」

やがて背後から聞こえてきた苦笑《くしよう》混じりの呟《つぶや》きに、俺は微笑《ほほえ》みを浮《う》かべたのだった。

あとがき

はじめましてこんにちは、藤崎都《ふじさきみやこ》です。

前回の本から半年以上空いてしまいましたが、皆様《みなさま》いかがお過ごしでしたでしょうか？ 私は原稿《げんこう》をしたり犬の散歩をしたりと、代わり映《ば》えのないいつも通りの生活を送っておりました。

間が空いた分、今回は『挑発《ちょうはつ》トラップ』『快感トラップ』と、二ヶ月連続刊行の予定となっておりますので、よろしければどちらもお手に取っていただけると嬉《うれ》しいです。

さて。今回のお話は、一応『トラップ』のシリーズにはなっているのですが、表紙を見て下されればわかるようにメインのキャラクターが変わり、新規のお話となっております。（『恋愛《れんあい》トラップ』『欲情トラップ』で出番が少ないながらも、私の愛情過多のせいで目立ってしまった冬弥《とうや》が主人公です…。）

まるで、テーマは『縛《しば》り』と云《い》わんばかりにそんなシーンだらけになってしまいましたが、いまいち緊迫《きんぱく》感がないのは書いているのが私だからに違《ちが》いない…。あっ、でも別にえすえむとかそういうのではないんですよ!? なので安心して読んでやって下さいませ（汗《あせ》）。

そして、今回も素敵《すてき》なイラストを描《か》いて下さいました蓮川愛《はすかわあい》先生には感謝してもしきれません！　美人で色っぽい冬弥と、ストイックで男前な芹沢《せりざわ》と、可愛《かわい》すぎるユキをありがとうございました!!

キャラフも表紙も本文ラフも、目眩《めまい》がするほど素敵でしたので、カラーを拝見するのが今から楽しみです♥

拙作《せっさく》に素晴《すば》らしい花を添《そ》えて下さいまして、本当にありがとうございました！

――話は変わりまして。二〇〇三年の十月に（株）ムービックさんより『恋愛トラップ』のドラマCDを出していただきました。

お邪魔《じゃま》させていただいた初体験の収録はドキドキしてしまい、緊張《きんちょう》も解《ほぐ》れぬまま、あっという間に終わってしまいました。

紙面だけで展開されていたキャラクターに声がつくというのは、とても不思議な感覚でしたが、イメージ以上に素敵に演じていただけて、聴《き》きながら感動していました。でも、それと同時に自分の書いた台詞《せりふ》を読まれてしまう恥《は》ずかしさにおろおろと狼狽《うろた》えていたり…（苦笑）。

動揺《どうよう》のあまり周囲を落ち着いて見ることもできなかったので、面白可笑《おもしろおか》しいレポートというものは書けそうにもありません（す、すいません…）。むしろ、一緒《いっしょ》にいて下さった担当様に私の様子をレポートしてもらった方が面白いのではないかと思います（それはどうなんだ…）。

少しですが冬弥（声は千葉進歩さんです）の出番もありますので、興味をお持ちの方はよろしければ聴いてみて下さいませね。聴いて下さった感想もお待ちしてます！

今回も大っっ変お世話になりました担当様には、いつもながらにお礼申し上げます。

そして、本やCDの感想のお手紙や年賀状などを下さった皆様、ありがとうございました！

感想のお言葉が何よりの励《はげ》みになっております。よろしければ、あなたの一言もお聞かせ下さいませ。とても遅《おそ》くなってしまうでしょうが、できるだけお返事したいなと考えておりますので気長にお待ち下されればと思います。

ではでは。この本を最後まで読んで下さいましてありがとうございました！

またいつか、貴方《あなた》にお会いできますように。

二〇〇四年一月

藤崎　都

KADOKAWA RUBY BUNKO

挑発《ちようはつ》トラップ

藤崎《ふじさき》 都《みやこ》

角川ルビー文庫 R78-7　　13298

平成16年4月1日　初版発行
平成18年1月30日　8版発行

発行者——井上伸一郎
発行所——株式会社角川書店
東京都千代田区富士見2-13-3
電話/編集(03)3238-8697
営業(03)3238-8521
〒102-8177 振替00130-9-195208
印刷所——旭印刷　製本所——千曲堂
装幀者——鈴木洋介

ISBN4-04-445508-2　C0193　定価はカバーに明記してあります。

――覚悟決めて、
俺のモノになっちまえ！
横暴・年下攻×勝ち気な子羊の
トキメキ運命ラブ☆
恋愛トラップ
藤崎 都
イラスト／蓮川 愛
校則違反常習者の後輩・
日高に、突然「あんたは
俺の運命の恋人だ」なん
て口説かれるハメになっ
た忍は…!?

Miyako Fujisaki
藤崎都
イラスト／蓮川愛
――ヤバイな。
あんたの体、エロすぎだ。
欲情トラップ
俺様・年下攻
×
勝ち気な子羊
トキメキ運命ラブ第2弾！
突然イギリスから帰国した従兄に告白された忍。
それを知った後輩の日高に、忍は…!?

ルビー文庫

ひ…ひどいよっ!
むっつりスケベなだけじゃん!!
藤崎 都
Miyako Fujisaki Presents
イラスト／蓮川愛
不機嫌なダ～リン
夏哉は無口で強引な要先輩が大嫌い!
なのに、なぜか手を出されるハメになっちゃって!?